René Sommer

Der farngrüne Tiger

AF236351

Zuletzt erschienen (edition jeu-littéraire):

Woanderswoher. Roman. ISBN: 978-3-7460-8082-6

Das Mädchen mit rotem Hut. Kurzgeschichten. ISBN: 978-3-7528-1413-2

Play Huch. Gedichte. ISBN: 978-3-7528-2037-9

Das avocadogrüne Känguru. Kurzgeschichten. ISBN: 978-3-7481-3002-4

Alldadarin. Roman. ISBN: 978-3-7481-5764-9

Der Wal heißt Beethoven. Kurzgeschichten. ISBN: 978-3-7494-4962-0

Eine Frage der Libelle. Gedichte. ISBN: 978-3-7412-9958-2

Der schlafende Löwe. Kurzgeschichten. ISBN: 978-3-7504-0301-7

Trotzdas. Roman. ISBN: 978-3-7504-3790-6

Das Sofa beim Waldstein. Kurzgeschichten. ISBN: 978-3-7519-0507-7

Ultramarin und Rosmarin. Gedichte. ISBN: 978-3-7504-9989-8

René Sommer

Der farngrüne Tiger

Kurzgeschichten

Bibliografische Information der Deutschen Nationalbibliothek:
Die Deutsche Nationalbibliothek verzeichnet diese
Publikation in der Deutschen Nationalbibliografie;
detaillierte bibliografische Daten sind im Internet über
http://dnb.dnb.de abrufbar.

Editor Factory: ib-lyric (edition jeu-littéraire 1/7)
Author Photo: Erika Koller
Cover Image: Itta Beaux

Herstellung und Verlag:
BoD – Books on Demand, Norderstedt

ISBN: 978-3-7526-1113-7

Inhalt

Das Riesenküken im Bild

Der Weg windet sich über einen laubgrünen Berg und staubige Kalksteinfelsen.

Johann Sebastian Huch atmet ein oder 2 Mal tief durch.

Von den Baumriesen auf den Talflanken steigen Nebelschwaden empor.

Eine Frau tanzt mit ausgebreiteten Armen.

- Hallo, ich bin Octavia Dahlke.

Sie trägt ein Strandkleid.
- Was ist dein Lieblingstier?
Ein Mann läuft herbei.

- Hallo, ich bin Gian Kipp.

Er trägt eine Jacke.
- Von dieser Frage habe ich immer geträumt.
Octavia spricht mit aufmunternder Stimme.
- Kennst du die Antwort?
Kipp hüpft.
- Freiheraus gesagt: Die Maus ist mein Lieblingstier.
Eine Frau rennt auf dem Bergweg.

- Hallo, ich bin Nelia Zeder.

Sie trägt ein Taftkleid.

- Wollt ihr eine Stelle sehen, wo der Felsen wie Blätterteig gefaltet ist?

Octavia reckt das Kinn.

- Gern! Das würde uns gefallen.

Kipp kreist schnell um die eigene Achse.

- Wir sind sozusagen auf einer Entdeckungstour.

Nelia lächelt so auffordernd, als gelte es keine Zeit zu verlieren.

- Ihr seid gut im Entscheiden, schnell und prompt.

Octavia schwenkt den Kopf zu Huch.

- Ich bin zuversichtlich, dass du mitkommst.

Er stemmt den Arm in die Hüfte.

- Woran erkennst du das?

Sie klopft ihm auf die Schultern.

- Du gehörst zu uns.

Kipp blinzelt in die Sonne.

- Wo sind die Felsfalten?

Nelia schreitet durch die Wurzeln eines Stammes, die wie ein Torbogen aussehen.

- Wir haben sie schon fast erreicht.

Ab hier verläuft der Weg auf einer künstlich angelegten Spur.

Octavia fragt Kipp.

- Was ist dein letzter Gedanke vor dem Einschlafen?

Er umrundet ein großes Wasserloch.

- Das weiß ich nicht. Ich schließe einfach die Augen und träume von einer Maus.

Nelia zeigt auf den Felsen, der wie ein Blätterteig gefaltet ist.

- Hier sind wir!

Octavia blinzelt in die Sonne und atmet durch.

- Er wirkt wie ein Magnet.

Kipp atmet ein, breitet die Arme aus, atmet aus.

- Hoffentlich zieht er auch eine Maus an.

Nelias Augen schimmern.

- Da ist eine! Sie steht mitten im Weg.

Die Maus schaut neugierig, aber zurückhaltend.

Octavia streicht sich die Haare aus dem Gesicht.

- Sie fühlt sich wohl.

Kipp nimmt den rechten, dann den linken Arm hoch.

- Das ist ein einmaliges Erlebnis!

Nelia zwinkert Huch zu.

- Was sagst du?

Er senkt seine Stimme ein wenig.

- Gut gewählter Ort, gut gewählte Zeit.

Ein Elefant trottet daher.

Octavia springt in die Luft.

- Wie soll denn das gehen?

Kipp lässt die Arme hängen.

- Glaubt ihr, er sieht die Maus?

Nelia beugt den Oberkörper nach vorn.

- Ich halte ihn für freundlich.

Der Elefant geht in die Knie, um die Maus zu betrachten.

Octavia legt die Arme um den eigenen Körper.

- Denkt ihr, es ist nur ein Zufall?

Kipp erhebt die Hände bis zur Schulter.

- Lasst uns gemeinsam darüber nachdenken.

Nelia kaut auf ihrer Oberlippe.

- Vielleicht fallen uns gute Ideen ein.

Der Elefant beäugt klug die Maus.

Octavia zupft sich am Ohrläppchen.

- Ist euch jemals so ein Elefant begegnet?

Kipp stellt das Bein schräg nach vorn.

- Nein.

Er wendet sich direkt an den Elefanten.

- Ich bin dir sehr dankbar.

Nelia zieht eine Schulter hoch.

- Das ist das Seltsamste, was ich je gesehen habe.

Ein Mann geht schlendernd und wachen Blicks durch den Wald.

- Hallo, ich bin Falco Scholl.

Er trägt eine Kapitänsmütze.

- Mit mir könnt ihr einen Ort besuchen, an den man sonst nicht so einfach hinkommt.

Octavia lässt langsam die Hand im Gelenk sinken.

- Ist er weit entfernt?

Scholl hebt einen Fuß, winkelt ihn leicht an.

- Im Gegenteil! Es ist nur eine kleine Strecke.

Kipp strafft sich.

- Kleine Strecken werden vielleicht unsere neue Leiden-schaft.

Nelia legt den Finger an die Wange.

- Ich genieße den ruhigen Bummel.

Ein gewundener Pfad führt durchs Dickicht.

Scholl läuft los.

- Ihr werdet sehen, eure Welt wird seltsam und magisch.

Octavia geht dicht hinter ihm.

10

- Ich finde es wichtig, dass wir alles gemeinsam unternehmen.

Kipp schließt sich an.

- Es gefällt mir, mit euch zusammen zu sein.

Nelia sagt nach einem langen, sehr festen Blick in Huchs Augen.

- Begleitest du uns?

Huch geht leicht in die Knie und federt.

- Gern! Danke, dass du mich einlädst.

Der Wald öffnet sich auf eine sanft gewellte Wiese mit ein paar versprengten Föhren. Blüten verströmen einen intensiven Duft.

Scholl deutet auf einen Thymian.

- Mit dieser Blume fühlt ihr euch immer gut.

Ein mehrere Meter hohes Riesenküken läuft über die Wiese.

Octavia hüpft auf und ab.

- Jedes Küken ist anders.

Kipp reckt den Kopf in die Höhe.

- Es ist einzigartig.

Nelia reißt die Augen auf vor Erstaunen.

- Es sprüht vor Energie.

Scholl weitet seinen Gürtel und atmet tief ein.

- Ich würde es als Wunder bezeichnen.

Eine Frau kommt ihnen entgegen.

- Hallo, ich bin Yahya Unruh.

Sie trägt ein Abendkleid und bringt eine Kamera.

- Darf ich euch einen Brunnen zeigen?

Octavia streicht sich übers Kinn.

- Das fände ich cool.

Kipps Zunge leckt über die Oberlippe.

- Brunnen begeistern mich.

In Serpentinen geht es durchs wogende Gras hinab.

Nelia guckt zurück.

- Das Riesenküken folgt uns.

Scholl schiebt die Finger ineinander.

- Es sieht glücklich aus.

Yahya winkelt den Ellbogen nah am Körper.

- Ich weiß, wie Küken ticken. Sie suchen gern Anschluss.

Eine Fontäne sprüht. Das Wasser plätschert in einen vergoldeten Springbrunnen.

Octavia hebt das Handgelenk.

- Eure Meinung interessiert mich. Gefällt euch der Brunnen?

Kipp zieht die Winkel des breiten Munds nach oben.

- Ich finde ihn schön.

Nelia dreht die Füße einwärts.

- Ich sage es mit einem Wort: Beeindruckend.

Scholl schwingt sinnlich die Hüfte.

- Ich bin überwältigt.

Yahya hält die Kamera mit beiden Händen.

- Möchtet ihr meine Idee hören?

Octavia windet eine Haarsträhne um den Finger.

- Unbedingt!

Yahyas Blick wandert über das Team.

- Wie wäre es mit einer Gruppenaufnahme vor dem Brunnen?

Kipp kauert vor dem plätschernden Wasser.

- Auf diese Idee wäre ich fast selber gekommen.

Nelia gesellt sich zu ihm.

- Passender könnte der Ort nicht sein.

Ein Lächeln huscht über Scholls Mund.

- Uns bewegt der Wunsch, dass auch das Küken im Bild ist.

Yahya spitzt die Lippen.

- Das lässt sich ausführen.

Sie gackert wie ein richtiges Huhn.

- Ich habe eine besondere Vorliebe für Tierstimmen.

Das Riesenküken hüpft mitten in die Gruppe.

Octavia weicht zur Seite.

- Man könnte meinen, es würde dich verstehen.

Kipp richtet den Blick auf Huch.

- Möchtest du lieber zuschauen?

Huch platziert die Hand neben das Ohr.

- Was würdet ihr an meiner Stelle machen?

Nelias Stimme klingt geradezu ein wenig entrüstet.

- Drängen würden wir dich nie.

Scholl wirft aufmunternde Blicke herüber.

- Aber wir finden schon, dass du aufs Gruppenbild gehörst.

Yahya kneift ihn in den Arm.

- Wir warten direkt darauf.

Die Orchidee im Farn

Mit auberginefarbenen Falten fällt der Felsabhang ins Tal.
Huch tastet sich Schritt für Schritt voran.
Flechten überziehen das Gestein.
Eine Frau geht in Schleifen durch den Hang.

- Hallo, ich bin Jeanine Wachsmuth.

Sie trägt ein Ballerinenkleid.
- Ich geriet total aus dem Häuschen, als ich meinen ersten fliegenden Fisch entdeckte.
Huch stellt ein Bein hinter das andere.
- Das muss ein besonderer Fisch sein.
Jeanine spreizt Zeigefinger und Daumen ab.
- Ein Bild kann sich nur machen, wer ihn sieht.
Er schenkt ihr ein aufmunterndes Lächeln.
- Das kann ich mir denken.
Ein Fisch gleitet durch den blitzblauen Himmel.
Jeanine öffnet die Lippen.
- Da fliegt einer! Was sagst du dazu?
Huch guckt neugierig.
- Das größte Wunder wäre für uns, wenn er näherkäme.
Der Fisch kreist um sie herum.
Das Licht ist so hell, das Jeanine blinzeln muss.
- Versuche, dir sein Gesicht genau zu merken!
Huch hebt die Augenbrauen.

- Das ist der unglaublichste Fisch, den ich je gesehen habe.

Sie schaut erst zum Fisch, dann zu Huch, dann wieder zurück zum Fisch.

- Er hat deine Augen, deine Nase, deinen Mund, dein Gesicht!

Der Fisch schlägt mit dem Schwanz, fliegt fort.

Ein Mann durchstreift die Felsen.

- Hallo, ich bin Adriano Munk.

Er trägt eine Lederjacke.

- Wollt ihr eine Felsnadel sehen?

Jeanine kehrt ihm das Gesicht zu.

- Ja! Wohin müssen wir gehen?

Munk schreitet mit gebeugtem Rücken voran.

- Ich zeige euch den Weg.

Jeanine legt die Hand auf Huchs Oberarm.

- Da es ein schöner Tag ist, machen wir gern einen Spaziergang.

Er streckt den Daumen nach oben.

- Das ist wirklich eine gute Idee.

Blaugrün erheben sich die Bergflanken.

Munk weist auf einen turmartigen Felsen.

- Da sind wir.

Eine Frau kommt hinter der Felsnadel hervor.

- Hallo, ich bin Candy Luber.

Sie trägt ein Chiffonkleid und zeigt Huch ein Giraffenkostüm.

- Du würdest dich ziemlich gut als Giraffe machen.

Ein Mann trifft ein.

- Hallo, ich bin Quito Pit.

Er trägt ein Matrosenhemd.

- Hätte ich doch nur ein so hübsches Kostüm!

Jeanine geht einfühlsam auf ihn ein.

- Es würde dir ausgezeichnet stehen.

Munk blickt ihn an.

- Möchtest du eine Giraffe sein?

Pit strahlt über das ganze Gesicht.

- Ja, ich möchte mich verkleiden.

Candy gibt ihm das Kostüm.

- Ich habe keine Einwände.

Jeanine hilft ihm beim Anziehen.

- Jetzt kannst du erfahren, wie es sich anfühlt.

Munk wippt auf den Zehen.

- Das ist eine Riesenchance für dich.

Candy schließt den Reißverschluss.

- Ein Giraffenkostüm hat noch nie jemandem geschadet.

Pit streckt den Hals, geht wie auf Stelzen.

- Jeder träumt davon.

Jeanine begleitet ihn.

- Welche Laute machen Giraffen?

Munk holt sie ein.

- Sie nutzen Ultraschall.

Candy wuselt wie eine Maus hinterher.

- Sie können aber auch wie Schafe blöken.

Pit führt das Team.

- Oder prusten wie ich zum Beispiel.

Er schnaubt.

Huch lässt seinen Blick in die Runde schweifen.

Eine Frau kommt mit resolutem Schritt auf ihn zu.

- Hallo, ich bin Rama Egger.

Sie trägt ein Kleid aus Damast.

- Es sieht so aus, als wolltest du um keinen Preis auffallen.

Er schiebt die Unterlippe vor.

- Wieso denn?

Rama schlägt die Augen auf und lächelt.

- Weil du so rumstehst.

Ein Mann tritt energisch auf.

- Hallo, ich bin Harald Blanc.

Er trägt eine Narrenkappe mit Federn.

- Tag und Nacht beschäftigt mich die Frage, wie wir Aufsehen erregen könnten.

Sie lehnt den Oberkörper leicht nach vorne.

- Möchtest du eine Orchidee malen?

Sein Blick zielt direkt und forsch zu Huch.

- Was würdest du mir raten?

Huch legt ein Lächeln auf seine Lippen.

- Es gibt immer Wahlmöglichkeiten.

Rama tupft mit dem Finger auf Blancs Ellbogen.

- Finde heraus, was für dich das Richtige ist.

Er stemmt den weit ausgestellten Arm in die Hüfte.

- Eine Orchidee würde mich freuen.

Eine Frau schreitet sehr würdig.

- Hallo, ich bin Tita Iberin.

Sie trägt ein Eichhörnchenkostüm.

- Darf ich euch eine Grasinsel auf dem steingrauen Felsen zeigen?

Rama wippt auf ihren Zehen.

- Gern! Das wäre etwas Wunderbares.

Blanc greift sich an den Kopf.

- Ich träume schon lange von einer Grasinsel.

Der Weg zieht sich kurvenreich durch den Berghang.

Tita bewegt sich achtsam.

- Niemand kann sich der Vorliebe für schöne Gräser entziehen.

Rama tritt beschwingt ins Sonnenlicht hinaus und blinzelt.

- Alle Menschen sollten die Möglichkeit haben, sie anzuschauen.

Blanc folgt ihr.

- Es erfordert nur einen kleinen Aufwand.

Tita betritt die Insel.

- Hier sind wir!

Huch hört den Wind im Gras singen.

- Danke, dass du uns hierhin geführt hast!

Sie legt ihm eine Hand auf den Arm.

- Gern geschehen! Ich mag den Duft der Wiesenblumen.

Rama wölbt grazil den Hals.

- Ich möchte stehenbleiben und tief atmen.

Blanc hält die Arme entspannt an den Seiten.

- Es eilt nicht.

Tita sieht eine Trommel im Gras.

- Sie ist auf den Kopf gestellt.

Rama hält die Hand ans Ohr.

- Wir könnten über Musik reden.

Blanc wirft einen fragenden Seitenblick auf Huch.

- Wer ist dein Lieblingskomponist?

Huch schaut in die Trommel.

- Wie wäre es, etwas zu malen?

Tita guckt neugierig.

- Wieso malen?

Rama hebt die Trommel auf.

- Jemand hat sie wie einen Eimer mit Farbe gefüllt.

Blanc hebt die Ferse vom Boden.

- Darf ich mir eine Frage erlauben?

Tita sagt mit einem winzigen Augenzwinkern.

- Aber sicher! Was möchtest du gern wissen?

Er lehnt den Oberkörper leicht nach vorn.

- Wie heißt diese Farbe?

Rama beugt den Ellbogen.

- Das ist Bananengelb.

Ein Mann rennt so schnell, dass seine Füße kaum den Boden berühren.

- Hallo, ich bin Vasco Jahn.

Er trägt ein Piratenkostüm.

- Wollt ihr eine Orchidee sehen?

Blancs Arme wippen.

- Unbedingt! Ich liebe Blumen.

Tita dreht sich im Kreis.

- Wenn ich noch einmal geboren werde, möchte ich Orchideenforscherin sein.

Jahn macht mit dem rechten Bein einen Schritt nach vorne.

- Ist gut! Wir gehen bis zum Weg und biegen dann links ab.

Ein Wanderpfad schlängelt sich den Berg entlang.

Rama trägt die Trommel.

- Ich höre gern die Vögel singen.

Blanc strahlt Lockerheit aus.

- Ich denke, dass Bananengelb die schönste Farbe ist.

Tita springt über einen Stein.

- Mit dieser Farbe macht das Malen doppelten Spaß.

Jahn zieht die Schulter zurück und das Kinn hoch.

- Was habt ihr vor?

Rama wirft einen Blick zur Trommel.

- Die Idee ist, eine Orchidee zu malen.

Üppige Farnwedel verbergen eine winzige.

Blanc deutet eine federnde Lockerungsübung an.

- Wir sind wirklich ein gutes Team.

Die Krähe bringt Honig

Baumwipfel spiegeln sich im Fluss.
Huch atmet tief durch die Nase ein.
Das Wasser glitzert in der Sonne.
Eine Frau läuft zum Ufer.

- Hallo, ich bin Uta Quadriga.

Sie trägt eine Federboa.
- Kannst du mir eine abgerissene Rose aus dem Strudel holen?
Ein Mann fegt zum Fluss.

- Hallo, ich bin Adalbert Kaul.

Er trägt ein Sakko.
- Gibt es irgendeine Blume, die dich beeindruckt?
Utas Augen schweifen zum Wasser.
- Ja! Diese Rose fasziniert mich.
Kaul renkt sich fast den Hals aus, um sie besser sehen zu können.
- Ich rette sie.
Sie winkelt die Arme vom Körper ab.
- Beim Herausnehmen ist Vorsicht geboten.
Er legt das Sakko ab.
- Machst du dir Sorgen um mich?

Uta hebt langsam die Lider.

- Und das nicht ohne Grund.

Kaul springt in den Fluss.

- Ich muss es unbedingt versuchen.

Sie fasst sich an die Wange.

- Die Aktion könnte am Ende irgendwie glücken.

Er crawlt zum Strudel.

- Schwimmen ist mein Lieblingssport.

Uta verfolgt ihn mit aufgerissenen Augen.

- Du bist gewandt.

Kaul fasst die Rose mit spitzen Fingern an.

- Sie ist berauschend schön.

Uta wagt kaum zu atmen.

- Ich bewundere dich.

Er schwimmt ans Ufer.

- Die Rose sieht wunderbar aus.

Uta legt Huch die Hand auf die Schulter.

- Du solltest versuchen, dich einzubringen.

Er strahlt über das ganze Gesicht.

- Ist gut! Ich werde Adalbert loben.

Sein Oberkörper und Oberschenkel bilden eine gerade Linie.

- Wir sind sehr stolz auf dich.

Kaul steigt aus dem Fluss.

- Hast du einen bestimmten Wunsch?

Huch rückt zur Seite.

- Diese Frage ist nicht einfach.

Kaul bietet ihm die Rose an.

- Wieso? Nimm sie!

Eine Frau erkundet die Landschaft.

- Hallo, ich bin Oda Napoli.

Sie trägt ein Gazekleid.
- Kannst du mir beibringen, wie man eine Rose richtig hält?
Kaul klemmt den Stiel zwischen Daumen und Zeigefinger.
- Ich glaube, da kannst du nichts falsch machen.
Oda nimmt ihm die Rose ab.
- Das ist meine Lieblingsblume.
Uta berührt leicht ihren Unterarm.
- Niemand sonst hat so geschickte Hände wie du.
Kaul schaut ihr in die Augen.
- Was kann ich sonst noch für dich tun?
Oda riecht an der Blüte.
- Du brauchst trockene Kleider.
Ein Mann tritt ans Ufer.

- Hallo, ich bin Felipe Lühr.

Er trägt einen Trainingsanzug, bringt Klammern und eine
Wäscheleine.
- Soll ich sie zwischen 2 Bäume spannen?
Uta beugt den Oberkörper nach vorne.
- Das Angebot klingt verlockend.
Kaul legt die nassen Kleider ab.
- Dein Anzug sieht richtig gut aus.
Lühr zieht sich bis auf die Badehosen aus.
- Danke! Du kannst ihn haben.
Oda öffnet leicht den Mund.
- Pass auf, dass dir die stacheligen Sträucher nicht die Bei-
ne zerkratzen.

Er befestigt die Wäscheleine an einem Baum.

- Mach dir keine Sorgen! Ich bin vorsichtig.

Uta lenkt den Blick auf ihn.

- Deine Hilfe bedeutet uns viel.

Kaul schlüpft in Lührs Trainingsanzug.

- Sportkleider bereiten jede Menge Vergnügen.

Oda zieht ihn am Ärmel.

- Ist der Stoff angenehm?

Er dreht sich halb.

- Berückend!

Lühr hängt Kauls Kleider auf.

- Du wirst dich federleicht fühlen.

Uta hebt das Sakko auf.

- Was machen wir damit?

Kaul gibt Lühr einen leichten Klaps.

- Wir könnten es dir schenken.

Oda greift nach seinem Ellbogen.

- Was meinst du?

Lühr probiert es an.

- Von selber wäre ich kaum darauf gekommen.

Uta spielt mit ihrem Haar.

- Das wird bestimmt dein Lieblingssakko.

Eine Frau erreicht das Ufer.

- Hallo, ich bin Genoveva Walburg.

Sie trägt einen Haarreif mit Hasenohren.

- Darf ich euch eine Krähe zeigen?

Kaul wippt mit dem Fuß.

- Das würde alle begeistern.

Oda dreht sich um sich selbst.

- Davon haben wir immer geträumt.

Der Pfad folgt dem Fluss.

Lührs Blick verliert sich über einer Sandbank.

- Wie wunderschön ist es doch am Ufer!

Genoveva befeuchtet mit der Zunge die Unterlippe.

- Das silbern schimmernde Wasser übertrifft alle Erwartungen.

Eine Krähe landet auf dem Ast einer Eiche, bringt einen kleinen Topf mit einem goldenen Löffel.

Uta hält den Kopf hoch.

- Wir müssen herausfinden, was sie vorhat.

Kaul nimmt einen tiefen Atemzug.

- Ich würde mir wünschen, dass sie den Topf abstellt.

Die Krähe flattert zur Wurzel, stellt den Topf ins Moos.

Oda krümmt die Finger.

- Was ist das für ein Topf?

Lühr zuckt die Achsel.

- Ich weiß es nicht.

Genoveva schließt die Augenlider halb.

- Alles, was wir tun müssen, ist warten.

Die Krähe hüpft, schlägt die Flügel, fliegt weg.

Uta verschiebt den Unterkiefer.

- Wir könnten beraten, was wir als Nächstes machen.

Kaul hebt seine rechte Hand.

- Es schadet sicher nicht, wenn wir uns den Topf ansehen.

Oda blickt direkt in Lührs Augen.

- Wer ist bereit?

Lühr geht zum Topf.

- Ich hätte Lust.

Genoveva zieht die Mundwinkel beim Lächeln nach oben.

- Ich weiß, dass du es schaffen kannst.

Uta stellt sich auf die Zehenspitzen.

- An deiner Stelle würde ich den Topf aufnehmen.

Er bückt sich.

- Ich tu es gleich.

Kaul hält gespannt den Atem an.

- Was ist drin?

Lühr späht.

- Das ist Honig.

Oda macht einen Ausfallschritt.

- Darf ich kosten?

Lühr gibt ihr den Topf.

- Du kommst gerade richtig.

Genoveva weitet die Arme.

- Schmeckt er dir?

Oda schiebt den Löffel in den Mund.

- Das ist der beste Honig.

Uta reibt die Hände.

- Ich möchte auch probieren.

Oda reicht ihr den Löffel.

- So einen Honig gibt es sicher weltweit kein zweites Mal.

Kaul reißt die Arme nach vorne.

- Es versteht sich von selbst, dass ich auch gern naschen würde.

Lühr wippt von einem Bein aufs andere.

- Am liebsten würde ich mich gleich auf den Topf stürzen.

Genoveva neigt den Kopf.

- Ich finde es vernünftig, zuerst Uta genießen zu lassen.

Uta schleckt den Löffel ab.

- Es gibt in der ganzen Welt keinen besseren Honig.

Sie berührt Huch leicht an der Taille.

- Nimmt es dich nicht wunder, wie er schmeckt?

Er schließt halb die Augen.

- Doch, doch! Aber ich bin etwas langsam.

In einen Stein verzaubert

Huch steht am Strand, atmet den Geruch des Sees ein, hört das Rauschen.
Eine Frau geht aufrecht.

- Hallo, ich bin Yasemin Magris.

Sie trägt einen Kimono.
- Möchtest du ein Wolf werden?
Ein Mann kommt wiegenden Schrittes.

- Hallo, ich bin Dag Pol.

Er trägt eine Operettenuniform.
- Ich gäbe viel darum, ein Wolf zu sein.
Yasemin neigt den Kopf.
- Ich bin geduldig. Du auch?
Pol verschränkt die Finger.
- Ja. Ein bisschen Geduld schadet sicherlich nicht.
Eine Frau trippelt auf den Zehenspitzen.

- Hallo, ich bin Selina Colombo.

Sie trägt ein ärmelloses Kleid.
- Darf ich euch eine Lagune zeigen?
Yasemin schlängelt sich in Zeitlupe hin und her.

- Kann es ein schöneres Ziel geben!

Pol zieht die Schultern fast bis an seine Ohren hoch.

- Da habe ich keine Bedenken.

Selina drückt den Unterkiefer nach vorne, so dass sich die Lippen leicht öffnen und die Zähne entblößen.

- Kommt mit! Die Lagune wartet darauf, entdeckt zu werden.

Der Weg führt zu einer Linde, der stämmigsten am ganzen Ufer.

Yasemin legt Pol die Hand auf die Schulter.

- Lindenblüten sind attraktiv für Menschen, die sich in einen Wolf verwandeln möchten.

Er riecht an einer Blüte.

- Ich mache den Selbsttest und schaue, was geschieht.

Selina lehnt an den Stamm der Linde.

- Wie fühlst du dich?

Pols Haare sprießen im Gesicht und an den Händen.

- Der Duft wirkt beruhigend.

Yasemin streift ihn mit kurzen Blicken.

- Was tut dir gut?

Er schlüpft als Wolf aus der Operettenuniform.

- Ein bisschen Bewegung! Ich laufe einem Schmetterling nach.

Er trollt sich.

Selina blinzelt mit fröhlichem Blick.

- Menschen sind die einzigen Tiere, die Kleider tragen.

Von der Linde schlängelt sich der Weg weiter zur Lagune.

Yasemin schenkt Huch ein aufmunterndes Lächeln.

- Fliegst du gern?

Ein Mann spaziert über den Strand.

- Hallo, ich bin Zarif Wag.

Er trägt einen Tropenhut.
- Kannst du mir das Fliegen beibringen?
Sie sieht ihn nachsichtig an.
- In der Fliegerei geht nichts ohne den rechten Zeitpunkt.
Kannst du ihn abwarten?
Wag lässt die Schulter runterfallen.
- Natürlich! Das kann ich geradezu perfekt.
Eine Frau wandert über den feinen Sand.

- Hallo, ich bin Hella Ehrenberg.

Sie trägt ein Baumwollkleid.
- Sucht ihr eine einsame Bucht?
Selina zieht die Mundwinkel hoch.
- Ja, wir möchten mit dir gehen.
Wags Interesse ist erwacht.
- Das macht uns Vergnügen.
Hella biegt in einen Weg unter alten Bäumen ein.
- Ihr habt eine gute Entscheidung getroffen.
Yasemin blickt über den See.
- Ich genieße die Aussicht.
Selina springt wie ein Gummiball.
- Hier ist Luft zum Atmen.
Wag geht zu einem Baum, rüttelt daran, bis ein Apfel her-
unterfällt.
- Wie schmeckt er wohl?
Er beißt hinein.
- Ich platze schier vor Neugier.

Sein Mund geht in einen langen Schnabel über.

Wag bekommt Flügel, verwandelt sich in einen Storch.

Hella lächelt von Ohr zu Ohr.

- Halte dich locker, nicht verkrampft!

Yasemin klimpert mit den Wimpern.

- Wir drücken dir die Daumen.

Der Storch hebt ab, spreizt die Flügel, gleitet über die Bucht.

Selina ruft ihm nach.

- Wir vergessen dich nie!

Hella schiebt mit halb geschlossenen Augen das Haar zurück.

- Fliegen befreit von belastenden Gefühlen.

Yasemin berührt Huch an der Hand.

- Könntest du dir vorstellen, ein Stein zu sein?

Ein Mann hält im Gehen ein.

- Hallo, ich bin Lauri Fas.

Er trägt ein Vogelkostüm.

- Ich habe mir immer überlegt, wer mich in einen Stein verzaubern könnte.

Sie setzt ein strahlendes Lächeln auf.

- Das könnten wir schon. Aber wir gehen bewusst langsam vor. Ist das gut für dich?

Fas schlägt die Lider nieder.

- Ja, das klingt einladend.

Eine Frau durchquert die Bucht mit schnellen Schritten.

- Hallo, ich bin Amber Katzenberger.

Sie trägt ein Charleston-Trägerkleid.

- Wollt ihr einen weißen Sandstrand sehen?

Selina rollt die Zunge mit halboffenem Mund.

- Ich wüsste nicht, was ich lieber täte.

Fas streift sich eine Haarsträhne aus dem Gesicht.

- Da können wir nicht Nein sagen.

Amber geht wiegenden Schrittes voran.

- Ihr werdet ihn mögen.

Ein Pfad säumt das Ufer.

Yasemin hebt die Hand und deutet zum Horizont.

- Der Blick auf den See ist feenhaft.

Selina zieht hörbar die Luft durch die Nase ein.

- Der Strand regt zum Träumen an.

Der backpulverweiße Sand schimmert ohne einen einzigen Fußabdruck. Eine kleine Wolke hängt wie ein faseriger Wattebausch über dem Wasser.

Yasemin sagt mit einem charmanten Augenzwinkern zu Fas.

- Setz dich darauf und lass dich einfach tragen.

Er macht es sich auf der Wolke bequem.

- Das tönt gut.

Hella wirft die Lippen auf.

- Gönne dir eine Pause!

Fas reibt sich die Hände.

- Das hier ist das Seltsamste, was ich je getan habe.

Er sinkt in die Wolke, plumpst als Stein ins Wasser.

Ringe rillen den Wasserspiegel.

Amber legt die Hand auf Huchs Schulter.

- Du stehst ein bisschen abseits.

Ein Mann läuft zum Strand.

- Hallo, ich bin Qi Bong.

Er trägt eine Weste.
- Schön euch zu treffen!
Yasemin schnippt mit dem Finger.
- Trägst du diese Weste zum ersten Mal?
Bong verzieht die Lippen zu einem Lächeln.
- Nein! Sie ist sauber, aber ziemlich alt.
Er fährt sich durch die Haare.
- Am liebsten wäre ich ein Baum. Er hat immer neue Blätter.
Selina fixiert ihn aus den Augenwinkeln.
- Bist du in Eile?
Bong albert rum und macht einen Luftsprung.
- Im Gegenteil! Ich habe Zeit.
Hella schmiegt die Arme auf Bauchhöhe an den Leib.
- Das kommt uns gelegen.
Eine Frau tigert mit federnden Schritten heran.

- Hallo, ich bin Rania Vellmar.

Sie trägt ein Glitzerkleid.
- Wolltet ihr schon immer mal ins Vogelparadies?
Amber rollt die Füße auf die Ballen.
- Gern! Es kann spannend sein, Vogelstimmen kennenzu-
lernen.
Die Sonne fängt sich auf dem hellen, sandgoldenen Weg.
Yasemin neigt den Kopf leicht zur Seite.
- Ich bin zum ersten Mal hier.
Selina wiegt sich in den Hüften.
- Es ist lauschig.

Hella dreht sich um ihre Achse.

- Augenblicklich fühlt man sich wohl.

Amber mustert Bong aufmerksam und neugierig.

- Kannst du dir in deinen kühnsten Träumen ausmalen, wie sich das anfühlt, ein Baum zu sein?

Er kickt in die Luft, schaut dem unsichtbaren Ball nach.

- Ich würde es wahnsinnig gern lernen.

Rania rollt die Finger ein.

- Du kannst jede Minute anfangen.

Yasemin schiebt ihr Kinn nach vorn.

- Es gibt den Satz: Ich möchte ein Baum sein. Sag ihn nach!

Bong streckt sich.

- Ist gut! Ich möchte ein Baum sein.

Er schlägt Wurzeln, wächst empor, breitet die Äste aus.

Selina heftet den Blick auf Huch.

- Wäre ich an deiner Stelle, würde ich auch etwas wünschen.

Huch strafft den Hals.

- Denkst du an einen bestimmten Wunsch?

Bahl entdeckt einen Dinosaurier

Ein schier undurchdringbares Dickicht an Bäumen nimmt die warmen Sonnenstrahlen auf.
Huch lauscht, was um ihn herum ist.
Vogelstimmen durchbrechen die Stille.
Eine Frau läuft über den weichen Moosboden.

- Hallo, ich bin Tracy Orlando.

Sie trägt ein knisterndes Papierkleid.
- Dieser Wald ist einer der Sorte, für den das Wort lauschig erfunden wurde.
Ein Mann kreuzt auf.

- Hallo, ich bin Irving Nil.

Er trägt eine Zipfelmütze.
- Ich höre sogar die Schmetterlinge lachen.
Tracy schaut ihm in die Augen.
- Möchtest du beginnen, dein Leben zu verändern?
Nil lehnt sich auf sein linkes Bein.
- Das würde mich echt interessieren.
Eine Frau streift durchs Unterholz.

- Hallo, ich bin Urmia Gebauer.

Sie trägt ein Kleid mit Rüschen an den Ärmeln.

- Sucht ihr Himbeeren?

Tracy dreht nur leise den Zeigefinger.

- Besonders begehrt sind natürlich reife.

Nil greift an seine Mütze.

- Da dürfen wir nicht zögern.

Urmia klopft Huch auf die Schulter.

- Wie steht es mit dir?

Er beugt leicht den Arm.

- Was müsste ich tun?

Sie setzt den Fuß auf eine Wurzel.

- Einfach mitkommen.

Huch sagt fröhlich.

- Das kann ich mir durchaus vorstellen.

In Schleifen windet sich der Weg den Wald empor.

Tracy lässt den Blick unverwandt auf Nil ruhen.

- Trägst du die Kleider, worin dir am wohlsten ist?

Er schlägt die Hände vors Gesicht und lacht.

- Darauf habe ich beim Anziehen gar nicht geachtet.

Urmia hebt das Kinn.

- Bevorzuge lockere, bequeme Kleider!

Sie erkennt durch die Blätter eine Lichtung.

- Die Entdeckungsreise kann beginnen.

Zwischen den Wurzeln riesiger Stämme liegt ein Haufen von Kleidern, Schuhen und Masken.

Tracy winkt Nil.

- Nimm, was dir gefällt! Ergreif die Gelegenheit!

Ein Leuchten fliegt in sein Gesicht.

- Da ist für alle etwas dabei.

Urmia streckt die linke Hand aus.

- Diese Teile sollte man problemlos an- und ausziehen können.

Tracy beugt den Oberkörper zu ihm.

- Probierst du gern mal etwas Neues aus?

Nil streicht sich über das Kinn.

- Ja! Ich suche den eigenen Stil.

Urmia fischt eine Hose und ein Jackett vom Haufen.

- Was könnte sich besser eignen!

Tracy stützt das Kinn in die Hand.

- Gleich wirst du erfahren, wie sich der Stoff anfühlt.

Nil schlüpft in den Anzug.

- Er gibt mir ein gutes Körpergefühl.

Urmia mustert ihn neugierig.

- Mit dem Jackett erscheinst du in einem völlig neuen Licht.

Tracy behält ihn genau im Blick.

- Die Hose ist genau das, was dir gefehlt hat.

Nil räkelt sich.

- Ich bin auf Anhieb begeistert.

Urmia ermuntert Huch.

- Ein Kleidungsstück wird sicher auch dir gefallen.

Er strafft den Rücken.

- Wir werden sehen.

Ein Mann schleicht den Weg entlang.

- Hallo, ich bin Wido Zant.

Er trägt eine Badehose.

- Kleider scheinen im Überfluss vorhanden.

Tracy berührt seinen Unterarm.

- Davon können andere nur träumen.

Nil deutet auf die Kleider.

- Brauchst du ein paar Anregungen?

Zant verschränkt die Arme hinter dem Rücken.

- Unbedingt! Was fehlt mir für den perfekten Look?

Urmias Blick schweift über den Haufen.

- Wie wäre es denn, mal einen Cowboyhut zu tragen?

Er schließt die Augen.

- Ja oder Nein könnte die Antwort lauten.

Tracy zieht die Brauen nach oben.

- Er wirkt elegant und lässig zugleich.

Nil hebt die Arme zur Seite hoch.

- Was will man mehr!

Urmia nimmt einen Hut vom Haufen.

- Lass dich verzaubern!

Zant setzt ihn auf.

- Er ist viel cooler als alles, was ich mir hätte ausmalen können.

Eine Frau eilt.

- Hallo, ich bin Jaja Rakowski.

Sie trägt ein Strasskleid und bringt einen roten Teppich.

- Wo darf ich ihn ausrollen?

Tracy dreht die Hüfte.

- Wo ist egal.

Nil beugt leicht die Knie.

- Wir wünschen, dass du ihn langsam rollst.

Urmia pflückt einen unsichtbaren Apfel aus der Luft.

- Das ist nur eine Möglichkeit, sich mit Spaß zu bewegen.

Zant schlägt die Augen nieder.

- Ich freue mich an jedem Teppich.

Jaja rollt ihn aus.

- Dann haben wir ja schon etwas gemeinsam.

Tracy grapscht nach Zants Arm.

- Ich entdecke bei dir eine große Fähigkeit, dich mit Hut zu zeigen.

Nil nickt zur Bekräftigung.

- Der rote Teppich wird dir mit Bestimmtheit Flügel verleihen.

Urmia klatscht.

- Ich bin hell begeistert.

Zant schreitet über den Teppich, drückt sein Kreuz durch.

- Ich komme mir vor wie in einem Film, in dem ich unfreiwillig die Hauptrolle spiele.

Jaja mustert ihn von Kopf bis Fuß.

- Wie gehst du damit um?

Er dreht sich um.

- Wie es aussieht, lande ich einen überwältigenden Erfolg.

Ein Mann läuft übers Moos.

- Hallo, ich bin Kay Murr.

Er trägt ein Eisbärkostüm und bringt ein Körbchen.

- Ich suche immer aufs Neue etwas, das man hineinlegen könnte.

Tracy streicht sich das Kleid glatt.

- Du bist hier richtig.

Nil wippt mit dem Kopf.

- Ganz zufällig sind wir auf dem Weg zu den Himbeeren.

Urmia setzt den Fuß zum Gehen an.

- Mit gutem Grund: Man fühlt sich zu ihnen hingezogen.

Zant zieht eine Braue hoch.

- Ich kann ihnen kaum widerstehen.

Der Anstieg durch den Wald beginnt sanft, wird aber zunehmend steiler.

Jaja lehnt sich zu Murr.

- Hast du sonst noch einen Wunsch?

Er spreizt den kleinen Finger ab.

- Nein! Eine Himbeere würde mich begeistern.

Der Weg führt auf eine Lichtung zu.

Tracy legt den Handrücken auf die Hüfte.

- Du hast die gleichen Interessen wie wir.

Nil pflückt eine Himbeere, gibt sie Urmia.

- Freunde helfen einander und teilen.

Sie reicht sie an Zant weiter.

- Was du gerade sagst, ist überaus freundlich.

Zant bietet sie Jaja an.

- Wir sehen uns als Team.

Jaja legt sie in Murrs Körbchen.

- Ich bin mir ziemlich sicher, dass dir die Himbeere gefällt.

Murr verbeugt sich nach rechts, zur Mitte, nach links.

- Keine Worte können ausdrücken wie sehr.

Eine Frau tritt hinter einem Baum hervor.

- Hallo, ich bin Carmela Paganini.

Sie trägt ein Glitzerkostüm und bringt einen Klumpen Ton.

- Ihr seid das beste Team, das sich jemals in der Geschichte versammelt hat.

Tracy streicht lächelnd über den Klumpen.

- Danke! Wenn ich du wäre, würde ich etwas wünschen.

Carmela hält die Beine eng geschlossen.

- Knetet bitte eine Figur!

Nils Blick wandert zu Huch.

- Dir würde das sicher gelingen.

Urmia tritt Huch auf die Zehen.

- Warum zögerst du?

Er senkt die Wimpern.

- Ich bin von Natur aus eher langsam.

Ein Mann rennt ausgelassen mit den Armen winkend herbei.

- Hallo, ich bin Fernando Bahl.

Er trägt eine Fliege.

- Ich habe einen Dinosaurier entdeckt.

Die Augen des Drachen

Der Wasserfall übertönt die geheimnisvollen Vogelstim-
men, stürzt in eine Schlucht.
Huch taucht aus dem Halbdunkel auf.
Farn umwuchert das Becken.
Eine Frau läuft lachend über die Felsplatte.

- Hallo, ich bin Vahida Labbadia.

Sie trägt eine Blumenkrone.
- Ich habe ein merkwürdiges Ortsschild entdeckt.
Huch zieht beide Augenbrauen nach oben.
- Wo denn?
Vahida folgt einem Trampelpfad.
- Ich zeige dir den Weg.
Am Eingang der Schlucht steht auf einem Schild „Lapis-
lazuli".
Vahida wendet sich zu Huch um.
- Das Schild mag merkwürdig erscheinen. Nimm es keines-
falls wörtlich!
Ihre Stimme klingt beschwingt.
- Trotzdem solltest du den Namen einmal laut lesen.
Ein Mann verlangsamt seine Schritte.

- Hallo, ich bin Alonso Quill.

Er trägt eine Hasenohrenmütze.

- Ich freue mich über jedes Schild.

Vahida schürzt unmerklich die Lippen.

- Was würdest du am liebsten tun?

Quill klopft mit dem Fuß auf den Boden.

- Laut lesen ist ein besonderes Vergnügen.

Eine Frau gelangt auf verschlungenem Weg zum Eingang der Schlucht.

- Hallo, ich bin Senta Eichberg.

Sie trägt Leggings und bringt ein Mikrofon.

- Wer mit dem Lesen beginnen möchte, fragt sich vielleicht, welche Technik für ihn die richtige ist.

Vahida erklärt mit strahlendem Gesichtsausdruck.

- Das Mikrofon dürfte dir zusagen.

Quill nimmt es in die Hand.

- Ja, danke! Mir gefällt es richtig gut.

Senta schiebt das rechte Bein etwas nach vorn.

- Du hast eine Glückssträhne erwischt.

Ein Mann beschleunigt seinen trippelnden Gang.

- Hallo, ich bin Heiko Yak.

Er trägt ein Igelkostüm und bringt einen Lautsprecher.

- Genau jetzt hier an diesem Ort schließen wir das Mikrofon an.

Vahida prüft das Kabel.

- Da kann nichts schiefgehen.

Quill schiebt den Stecker in die Buchse.

- Und schon ist es passiert!

Senta kippt den Schalter.

- Mit Mikrofon fühlt man sich freier.

Yak regelt die Lautstärke.

- Bist du bereit?

Quill atmet tief durch.

- Ja sicher!

Er liest.

- Lapislazuli.

Eine Frau schlendert zum Eingang der Schlucht.

- Hallo, ich bin Donatella Gopak.

Sie trägt ein Matrosenkleid.

- Darf ich euch eine Bergwiese zeigen?

Vahida streckt die Arme zur Seite.

- Ja! Wir würden gern alles sehen.

Quill legt das Mikrofon auf den Lautsprecher.

- Wir sind von Natur aus neugierig.

Ein schmaler, kurviger Weg windet sich den Hang hinauf.

Sentas Blick verliert sich.

- Man muss die Gelegenheit nutzen, sich die schöne Welt anzuschauen.

Yak führt einen kleinen Freudentanz auf.

- So können wir Kraft tanken.

Eine ausgedehnte Bergwiese öffnet sich, gibt die Sicht über die Kuppe des Waldbergs frei.

Donatella dreht den Kopf zu Huch

- Wenn du hier einen Löwen sähst, was würdest du tun?

Er klettert eine Böschung hinauf.

- Das weiß ich wirklich nicht.

Ein lapislazuliblauer Löwe quert die Wiese, trägt einen Henkeltopf im Maul.

Vahida streicht sich das Haar aus der Stirn.

- Was machen wir?

Quill verdreht den Hals, um alles zu sehen.

- Wir müssen herausfinden, ob er uns den Topf bringen will.

Senta senkt leicht die Augenlider.

- Aber wie machen wir das?

Yak nestelt an seinem Igelkostüm.

- Wir könnten einen Weg finden, ihn anzusprechen.

Donatella legt gelassen die Hände übereinander.

- Alle Tiere verstehen es sofort, wenn man mit ihnen redet.

Vahida geht langsam, tastend nach vorn.

- Meint ihr, ich kann das?

Quill mustert wachen Blicks den Löwen.

- Ich vermute schon.

Senta beugt sich vor.

- Der Löwe verhält sich, wenn er richtig verstanden wird, immer cool.

Yak eilt in kleinen Trippelschritten hin und her.

- Er möchte uns kennenlernen.

Donatella wendet das Gesicht Huch zu.

- Wie gefällt dir der Löwe bis jetzt?

Er dehnt den Rücken.

- Wir könnten etwas von ihm lernen, glaube ich.

Der Löwe stellt den Topf ab, setzt den Weg fort, bis er den Blicken entschwindet.

Vahida holt Luft.

- Ich weiß nicht, was da drin ist.

Quill kann seine Neugier nicht zügeln.

- Lasst uns den Topf öffnen!

Senta krümmt die Finger.

- Das ist mit Abstand der leichteste Deckel.

Yak reckt das Kinn vor.

- Was für eine Farbe siehst du?

Sie hebt den Topf auf.

- Lapislazuliblau wie der Löwe.

Donatella beugt den Hals.

- Die Farbe wirkt gleichzeitig anregend als auch beruhigend.

Ein Mann hüpft über die Bergwiese.

- Hallo, ich bin Odilo Pilz.

Er trägt einen Jogginganzug.

- Möchtet ihr eine Blumenkohlwolke sehen?

Vahida schiebt die Mundwinkel vergnügt nach oben.

- Natürlich gern! Wir stellen sie uns vielversprechend vor.

Quill schlägt sich auf den Oberschenkel.

- Sicher wartet sie schon darauf, entdeckt zu werden.

Den Wegesrand säumen Disteln mit kugeligen Blütenköpfen.

Senta schubst Huch mit einem Finger an.

- Wer richtig entspannen will, sollte die Wolke anschauen.

Er dreht sich auf dem Absatz um.

- Ja, sie zieht den Blick auf sich.

Der Himmel weitet sich. Eine Wolke türmt sich auf, von Schneeweiß bis Tiefschwarz.

Yak hebt die Stimme.

- Sie macht schon den Reiz dieses Ausflugs aus.

Donatella öffnet den Mund beim Lächeln.

- Dafür würde ich einmal um die Welt laufen.

Pilz springt dem Himmel entgegen.

- Ich gerate total aus dem Häuschen.

Auf dem Berg steht eine Bretterbühne.

Eine Frau springt von der Rampe.

- Hallo, ich bin Zelda Jagusch.

Sie trägt ein Nachthemd.

- Die Bühne soll jungen Bands die Gelegenheit geben, Erfahrungen zu sammeln.

Vahida schärft den Blick.

- Was liegt auf den Brettern? Ein Mikrofon?

Zelda breitet mit leicht durchgebeugtem Knie die Arme aus.

- Nein, das ist ein Pinsel.

Quill klettert auf die Rampe.

- Er käme wie gerufen.

Senta zeigt den Topf.

- Wir haben nämlich viel Lapislazuliblau.

Ein Mann läuft in hurtigen Sprüngen zur Bühne.

- Hallo, ich bin Marcelo Nag.

Er trägt eine Kappe.

- Nicht allzu weit weg von hier gibt es einen Bach.

Yak greift sich an die Stirn.

52

- Wir freuen uns über jede Quelle.

Donatella stemmt den Ellbogen raus.

- Es ist nicht leicht, still fließende Wasserstränge zu entdecken.

Das erste Stück des Wegs ist flach, bevor es steil bergab geht.

Pilz klatscht in die Hände.

- Bäche gefallen mir.

Zelda legt den Zeigefinger aufs Kinn.

- Ich bin gespannt, was uns erwartet.

Nag führt sie ins Tal hinunter.

- Da sind wir! Wir haben es geschafft!

Ein Bach rieselt. Das Plätschern verschmilzt mit dem Gezwitscher der Vögel.

Vahida schaut schräg und keck Quill an.

- Findest du ihn fantastisch?

Er traut kaum den Ohren.

- Und wie! Das Wunderbare ist der Klang.

Ein steinerner Drache ragt aus dem Bach.

Senta gibt Huch den Farbtopf.

- Du könntest seine Augen anmalen.

Quill reicht ihm den Pinsel.

- Ich denke, das ist eine gute Idee.

Huch watet durch den Bach.

- So etwas habe ich noch nie gemacht.

Die einsame Felsnadel

Der Schatten des Vogels zieht über die Bergflanke.
Nach kurzem Aufstieg erreicht Huch den Kamm und folgt
dem schmalen Pfad zum Gipfel.
Aus dem Tal steigt eine zerrupfte Nebelschwade auf.
Eine Frau schlendert auf dem Höhenweg.

- Hallo, ich bin Carmina Unterberg.

Sie trägt ein Paillettenkleid.
- Hast du schon mal daran gedacht, auf den Pass, der über
der Baumgrenze liegt, zu gehen?
Ein Mann betritt zögerlich den Gipfel.

- Hallo, ich bin Ted Gann.

Er trägt eine Livree.
- Dagegen spricht wohl kaum etwas.
Carmina stemmt die Hände in die Hüften.
- Sicher bist du nicht gern allein und möchtest unserem
Team beitreten.
Gann wischt den Staub aus den Augenwinkeln.
- Wenn ihr mich aufnehmt.
Sie blickt ihm ins Gesicht.
- Wir zögern keine Sekunde.
Er lächelt knapp.

- Danke! Ihr könnt euch auf mich verlassen.

Der Weg führt durch sperrige Felsbrocken.

Carmina winkelt den Ellbogen an.

- Im Team zu wandern ist schon etwas Besonderes.

Gann streckt und reckt sich.

- Ich träumte schon lange davon.

Eine Frau steht auf dem Pass.

- Hallo, ich bin Biya Raissa.

Sie trägt einen Plisseerock.

- Möchtet ihr ein Zelt sehen?

Carminas Hände tasten über die Haare.

- Was muss man sich eigentlich unter dem Wort „Zelt" vorstellen?

Biya deutet auf einen markanten Brocken.

- Wir gehen bis zum Felsen. Dann biegen wir links ab, und du siehst es.

Gann eilt voraus.

- Möglicherweise ist das Zelt, das uns erwartet, die Art Zelt, die wir uns wünschen.

Sie ruft ihm nach.

- Du kannst hineingehen, wenn du willst.

Carminas Augen leuchten.

- Ich würde gern in einem Zelt leben.

Gann berührt den Stoff.

- Es ist aus weißer Gaze.

Biya fragt Carmina.

- Gefällt es dir?

Sie betrachtet das Zelt neugierig.

- Es ist viel schöner, als ich dachte.

Gann geht ein wenig in die Knie.

- Du bist sehr geschickt.

Biya hebt das Handgelenk.

- Alle können ein Gaze-Zelt machen.

Carmina schlüpft hinein.

- Ich fühle mich wohl.

Gann folgt ihr.

- Wir haben Riesenglück.

Biya schlägt den Vorhang über dem Eingang zurück.

- Wenn ihr etwas findet, dürft ihr es behalten.

Carmina kriecht heraus.

- Eine Kreide! Wenn man sie entdeckt, ist das schon cool.

Gann schaut umher.

- Dabei stellt sich automatisch die Frage, wer damit malen soll.

Biyas Blick schwenkt zu Huch.

- Ich glaube, das liegt dir.

Er lässt die Arme seitlich nach unten hängen.

- Was erwartet ihr?

Carmina gibt ihm die Kreide.

- Ziehe eine feine Linie auf die Passstraße!

Huch senkt die Lider.

- Wie soll sie denn aussehen?

Gann spricht mit ausladenden Gesten.

- Mach sie einfach!

Biya blinkert drollig mit den Augen.

- Vergiss die Bedenken!

Carmina kichert glockenhell.

- Male sie wild!

Huch zeichnet eine Linie.

- Bevor es Kreide gab, malten die Menschen mit Steinen.

Carmina reibt die Hände.

- Es macht dir sichtbar Spaß.

Gann jubelt laut.

- Damit stehst du gut da.

Biya drückt den Zeigefinger auf die Daumenbeere.

- Ein Traum ging in Erfüllung.

Ein Mann hüpft ein paar Meter.

- Hallo, ich bin Isidoro Fis.

Er trägt einen Matrosenhut.

- Es wäre nett, wenn ich eine Kreide hätte.

Carminas Füße kommen ins Wippen.

- Wir verstehen dich.

Gann lächelt in sich hinein.

- Sie gibt nun wirklich ein gutes Gefühl.

Biya fährt mit den Fingerspitzen über die Lippen.

- Einer der großen Pluspunkte ist, du kannst damit eine Linie ziehen.

Huch schenkt Fis die Kreide.

- Ich kann sie nur empfehlen.

Fis steckt sie ein.

- Danke vielmals! Etwas zu bekommen, ist berauschend.

Eine Frau eilt federnden Schrittes herbei.

- Hallo, ich bin Winona Kiribati.

Sie trägt einen Reifrock.

- Wollt ihr eine einsame Felsnadel entdecken?

Carmina grätscht die Waden nach außen.

- Gern! Das Wandern kann wunderbar entschleunigen.

Gann wippt mit der Hand.

- Ich finde keine Bedenken.

Die Strecke führt im Zickzack.

Biya lässt den Blick schweifen.

- In jedem Fall ist es natürlich irgendwie eine wahnsinnige Befriedigung, wenn man eine Nadel sieht.

Fis reibt den Nacken am Haaransatz.

- Hinterher kannst du mit Stolz sagen, dass du dabei warst.

Auf der Höhe ragt die Felsnadel in den Himmel. Vor ihr liegen gestreifte, geblümte und anders bedruckte T-Shirts. Winona wischt sich lässig das Haar aus der Stirn.

- Wir könnten sie Brautpaaren zur Hochzeit schenken.

Carminas Blick wandert.

- Ist gut! Bringen wir Ordnung in den Haufen!

Gann stellt ein Bein gestreckt nach hinten.

- Es lohnt sich zu fragen, ob wir sie nach Größe oder Muster sortieren.

Biya nestelt an einem T-Shirt herum.

- Ich würde liebend gern die gestreiften herauslesen.

Fis tastet den Haufen mit seinen Blicken ab.

- Das ist eine spannende und herausfordernde Aufgabe.

Winona schiebt sich an ihm vorbei.

- Um glücklich zu sein, bräuchten wir auch einen Haufen mit den geblümten.

Carmina tritt hinter Huch und fasst ihn um die Taille.

- Welches Ziel hast du dir ausgesucht?

Ein Mann tigert um die Felsnase herum.

- Hallo, ich bin Perry Lahr.

Er trägt ein Polohemd.

- Ich kümmere mich um die anders bedruckten.

Eine Frau schnappt sich im Vorbeigehen ein T-Shirt.

- Hallo, ich bin Vanuatu Quantle.

Sie trägt ein Rüschenkleid.

- Schön, euch zu treffen! Was macht ihr?

Gann rückt seine Livree zurecht.

- Uns beschäftigt vor allem die Frage, wohin wir die T-Shirts bringen.

Vanuatu reißt erstaunt die Augen auf.

- Tragt sie in die Kapelle.

Ihre Haare leuchten.

- Ist eure Frage damit beantwortet?

Er steht breitbeinig, um das Gleichgewicht zu halten.

- Ja! Das ist eine gute Idee.

Biya bündelt die gestreiften T-Shirts.

- Wir möchten uns bei dir bedanken.

Fis berappelt sich.

- Ein Ziel zu haben, ist wohltuend.

Winona rafft die geblümten zusammen.

- Wir haben uns nämlich überlegt, sie den Brautpaaren zu schenken.

Lahr packt die anders gemusterten zusammen.

- Ich kann mir gut vorstellen, dass sie sich darüber freuen.

Vanuatu wirft Huch einen aufmunternden Blick zu.

- Wenn du wählen könntest, welches T-Shirt würdest du

nehmen?
Ein Mann stapft den Zickzackweg hinauf.

- Hallo, ich bin Dädalus Sax.

Er trägt braun-grau gestreifte Ringelsocken.
- Ich wünsche ein gestreiftes.
Carmina wedelt mit dem Finger in seine Richtung.
- Das ist eine gute Wahl.
Ganns Augen leuchten auf.
- Streifen stimmen fröhlich.
Biya klaubt ein T-Shirt aus dem Bündel.
- Willst du es von jetzt auf gleich?
Sax zieht die Augenbrauen hoch.
- Das wäre schön.
Sie öffnet leicht die Lippen, als würde sie gerade ganz tief
durchatmen.
- Dieses T-Shirt ist ein Glücksbringer.

Der Regenbogen im Sprühnebel

Durch den Wald ragt eine gewaltige Felsbarriere auf.
Huch klettert auf eine flache Steinplatte.
In eine Spalte schlüpft eine Eidechse.
Eine Frau setzt Fuß vor Fuß.

- Hallo, ich bin Yana Halland.

Sie trägt ein Samtkleid.
- Wo kann ich einen Wolf sehen?
Ein Mann durchstreift den Hang.

- Hallo, ich bin Odo Mall.

Er trägt eine Schirmmütze.
- Ich zeige euch einen Ort, an den ihr sonst nicht so einfach hinkommt.
Yana dreht den Körper leicht zur Seite hin.
- Wir sind dabei.
Mall springt, tänzelt, lockert die Muskeln.
- Der Spaziergang sollte schön werden.
Der Weg schrumpft zum Trampelpfad.
Yana weicht einer Wurzel aus.
- Grün ist meine Lieblingsfarbe.
Mall zieht den Kopf ein.
- Oh, nun, das trifft sich gut. Im Wald ist wirklich alles grün.

Ein Wolf läuft durchs Unterholz, schnuppert an einem Blatt Papier.

Yana bleibt stehen.

- Wir wären klug, wenn wir warten.

Mall geht in die Hocke.

- Wenn er weg ist, erreichen wir das Blatt im Nullkommanichts.

Der Wolf trabt weiter.

Yana rafft ihr Kleid.

- Es läuft nach Wunsch.

Mall rennt zum Blatt, hebt es mit spitzen Fingern auf.

- Mein Interesse ist groß.

Sie tritt näher heran.

- Es ist leer.

Er senkt das Kinn bis fast auf die Brust.

- Ich nehme es mit.

Eine Frau winkt freundlich.

- Hallo, ich bin Nini Eichinger.

Sie trägt korallenrote Lackschuhe.

- Ich kenne einen Wasserfall.

Yana nimmt beide Hände in die Taille.

- Das tönt verlockend.

Mall deutet mit dem Finger auf sich.

- Auf meiner Hitliste steht der Wasserfall ganz oben.

Der steile Weg schlägt Haken.

Nini streckt und dehnt die Arme.

- Das ist eine Möglichkeit, sich mit Spaß zu bewegen.

Yana wuselt auf dem Weg herum.

- Hier lässt sich staunen, bewundern und schlendern.

Ein mächtiger Wasserfall stürzt im Kessel einer waldgrünen Bergflanke herab. In den Sprühnebel zeichnet die Sonne einen Regenbogen.

Mall reißt die Augen auf.

- Das ist das Paradies.

Nini lehnt sich zu Huch herüber.

- Gefällt dir der Regenbogen?

Ein Mann lungert herum.

- Hallo, ich bin Arturo Zapf.

Er trägt einen Pullover und bringt einen Klappstuhl.

- Die leuchtenden Farben beeindrucken vom ersten Moment an.

Yana zieht die Oberlippe hoch.

- So ein Wasserfall ist manchmal ein wenig ungestüm.

Mall führt mit dem Arm einen halben Kreis aus.

- Aber der Regenbogen übertrifft alles, was wir uns jemals erträumt haben.

Eine Frau bummelt zum Wasserfall.

- Hallo, ich bin Ginette Bilfinger.

Sie trägt ein Taftkleid.

- Könnte es sein, dass ihr gern Grillen hört?

Nini strahlt über das ganze Gesicht.

- Und wie! Das Zirpen finde ich anregend.

Zapfs Stimme kippt leicht über.

- Das reißt uns richtig mit.

Ginette hebt den Kopf, schließt die Augen.

- Ich weiß, was bei euch ankommt.

Der Weg streift durch den Wald.

Yana legt Huch eine Hand auf den Rücken.

- Miteinander zu gehen, ist ein besonderes Vergnügen.

Er schreitet behutsam.

- Wir sind ein starkes Team.

Mall dehnt den Hals.

- Es hat hier viel Platz zum Entspannen und Erkunden.

Nach einem kurzen Anstieg erreicht der Weg eine große Bergwiese. Grillen zirpen.

Nini schwingt die Hüften.

- Sie sind kaum zu überhören.

Zapf winkelt das Bein nach hinten an.

- Es kommt auf meine ganz persönliche Liste unvergesslicher Klänge.

In der Wiese steht ein Tisch.

Ginette schiebt die Unterlippe vor.

- Ich hoffe, er stört euch nicht.

Yana lässt die Finger langsam durch die Haare bis zum Hals gleiten.

- Nein! Der Tisch ist sehr praktisch.

Mall streicht über die Platte.

- Mir gefällt das Holz.

Ein Mann wandelt durchs Gras.

- Hallo, ich bin Sergio Jiang.

Er trägt ein Rabenkostüm und bringt eine mechanische Schreibmaschine.

- In diesen Tisch verliebt man sich auf den ersten Blick.

Yana hält die Hand locker flatternd in die Luft.

- Wenn du deine Maschine abstellen willst, mach es!

Mall sagt mit geschlossenen Augen.

- Wir empfehlen es dir wärmstens.

Nini räkelt ihre langen Beine.

- Es ist uns eine Freude.

Zapf klappt den Stuhl auf.

- Er passt zum Tisch.

Ginette zupft an der Lehne.

- Der Stuhl ist ein Unikum, in seiner Art etwas Besonderes, vielleicht sogar einmalig.

Jiang stellt die Maschine auf den Tisch.

- Wir verstehen uns auf Anhieb gut.

Yana geht in die Hocke.

- Alles deutet darauf hin, dass dein Gerät sogar eine Schreibwalze hat.

Mall setzt sich auf den Klappstuhl, dreht das Papier ein.

- Man kann das Blatt faltenlos und knitterfrei einziehen.

Nini wirft ihm einen Blick zu.

- Interessierst du dich für Buchstaben?

Er springt auf.

- Das schon! Aber ich möchte lieber nicht schreiben.

Zapf stützt seine Hände auf dem Becken ab.

- Keine Sorge! Wir verstehen dich.

Ginette schubst Huch sanft an.

- Das solltest du dir nicht entgehen lassen.

Er nimmt auf dem Klappstuhl Platz.

- Vielleicht testen wir die Tasten einmal.

Yana streicht sich das Haar aus dem Gesicht.

- Wieso denn? Du musst nur über unser Team schreiben und ansonsten gar nichts tun.

Mall legt die Hand aufs Herz.

- Wir freuen uns riesig über einen Satz, der genau auf uns zutrifft.

Huch senkt den Blick.

- Das hört sich nach einer guten Idee an.

Nini berührt flüchtig, wie zufällig, seine Hand.

- Schreibe: Wir sind glücklich und einfach fabelhaft.

Zapf beugt sich vor.

- Jedes Wort, dass du tippst, klingt wie Musik für mich.

Huchs Finger fliegen über die Tasten.

- Es gibt vielerlei Arten von Klängen.

Ginette schaut ihm direkt in die Augen.

- Ja, aber in diesem Satz steckt unsere ganze Geschichte darin.

Sergio nickt lächelnd.

- Er weckt die Lust am Lesen.

Eine Frau eilt mit federnden Schritten zum Tisch.

- Hallo, ich bin Chantal Tillich.

Sie trägt ein Goldkostüm.

- Darf ich das lesen?

Huch steht auf.

- Wenn du möchtest, gern!

Chantal setzt sich.

- Ihr habt erkannt, wie sich die Menschen in einem Team fühlen.

Sie zieht das Blatt heraus.

- Danke vielmals! Ich würde euch gern einen Wunsch erfüllen.

Yana spreizt das Bein seitlich ab.

- Was wollen wir?

Mall presst seine Hände an die Tischkante.

- Ich möchte ein Nashorn sehen.

Nini lässt den Mund offenstehen.

- Ist das richtig?

Zapf fährt kurz und unauffällig mit der Zunge über die Lippen.

- Das ist genau richtig.

Ginette dreht sich um die eigene Achse.

- Gut, ich bin froh, dass wir uns einig sind.

Jiang fährt sich mit den Fingern durchs Haar.

- Nashörner sind sehr beliebt.

Ein schmaler, erdiger Pfad wächst in der Wiese ein.

Chantal eilt voraus.

- Da vorne steht es!

Yana hakt sich bei Huch ein.

- Wir hoffen, dass du das Nashorn so außerirdisch gut findest wie wir.

Huch hebt den Kopf leicht an.

- Wir sollten uns ruhig verhalten, damit wir es nicht erschrecken und verjagen.

Das Einhorn schiebt den Vorhang

Im türkis schimmernden Fluss schwärmen Forellen.
Huch flaniert am Ufer unter den Bäumen.
Die Sonne glitzert über dem Wasser.
Eine Frau hüpft in vielen kleinen Sprüngen von Stein zu Stein.

- Hallo, ich bin Fabiola Verstappen.

Sie trägt ein Minikleid.
- Aller Wahrscheinlichkeit vermisst du nichts so sehr wie ein Einhorn.
Ein Mann erkundet ein bisschen die Gegend.

- Hallo, ich bin Iso Rat.

Er trägt einen Schlafanzug.
- Einhörner sind mein Lieblingsthema.
Fabiola springt über einen Wasserlauf.
- Ich würde vorsichtig vorhersagen: Gleich werden wir einem begegnen.
Rat hat ein breites Lächeln im Gesicht.
- Ich könnte mir kein größeres Geschenk ausmalen.
Der Weg führt über eine Brücke. Danach geht es steil aufwärts durch einen Buchenwald.
Fabiola schlenkert mit den Armen.

- Nimmst du gern Farbe und Pinsel in die Hand?

Rat wendet ihr das Gesicht zu.

- Ja! Ich finde es gut, die Welt durch Kunst bunt und attraktiv zu machen.

Über Efeu und Schlingknöterich weht ein Vorhang zwischen 2 Bäumen.

Fabiola berührt Huch am Handgelenk.

- Sollen wir ihn aufziehen?

Er biegt das Schlüsselbein nach hinten.

- Das wäre einer der Momente, der das Leben komplett verändert.

Rat sieht ihn erwartungsvoll an.

- Jemand von uns sollte es versuchen.

Ein Einhorn trabt durch den Wald, schiebt mit dem Horn den Vorhang zurück.

Fabiolas Augen sprühen vor Begeisterung.

- Ich bekomme eine Gänsehaut.

Rat kratzt sich am Kinn.

- Ich bin für kurze Zeit sprachlos.

Das Einhorn verschwindet zwischen den Bäumen. Hinter dem Vorhang kommt ein Zuber zum Vorschein.

Fabiola winkelt den Arm leicht ab.

- Ich bin neugierig, was darin ist.

Rat fasst sich an den Kopf.

- Das müssen wir herausfinden.

Eine Frau trippelt über das Moos.

- Hallo, ich bin Uschi Livia.

Sie trägt ein Neckholderkleid und bringt einen goldenen

Topf.
- Lavendellila Farbe ist im Zuber.
Fabiola wippt mit dem Schuh.
- Und was willst du machen?
Uschi bückt sich.
- Ich fülle meinen Topf.
Rat streckt ihr die Hände entgegen.
- Brauchst du Hilfe?
Sie reicht ihm den Topf.
- Das käme mir gelegen.
Er beugt den Ellbogen.
- Und was soll ich machen?
Uschi deutet auf den Zuber.
- Tauche ihn in die Farbe!
Rat füllt den Topf bis unter den Rand.
- Lavendellila hat etwas Magisches.
Ein Mann stürmt in den Buchenwald.

- Hallo, ich bin Dimitri Phlox.

Er trägt Tennishosen.
- Darf ich euch auf eine Reise voller Abenteuer mitnehmen?
Fabiola stützt die Hände in die Hüfte.
- Wir sind dabei.
Rat fiebert vor Erregung.
- Ich brenne für Abenteuer.
Geheimnisvoll windet sich der Pfad durch den Wald.
Uschi krümmt den Rücken wie ein Fragezeichen.
- Macht es dir Spaß, mit uns zusammen zu sein?

Phlox fasst sich ans Herz.

- Und wie! Ich bin gern mit euch unterwegs.

Am Waldrand wächst die Ruine einer alten Mühle ein.

Fabiola klopft Phlox auf die Schulter.

- Möchtest du etwas unternehmen?

Er drückt auf eine Schaufel des hölzernen Mühlrads.

- Ja, ich würde es gern bewegen.

Das Rad dreht sich.

Rat zieht den Kopf ein.

- Niemand hätte auch nur im geringsten ahnen können, dass es gelingt.

Ein Pinsel fällt aus der oberen Schaufel.

Uschi schlägt die Augen auf.

- Was würdest du auf eine Expedition in den Dschungel mitnehmen?

Phlox sinkt auf die Knie.

- Die Wahl fällt mir nicht schwer.

Fabiola ringt die Hände.

- Was? Du nähmst einen Pinsel mit?

Er hebt ihn auf.

- Unbedingt! Damit könnte es einfacher werden, ein Bild zu malen.

Eine Frau tänzelt beschwingt aus dem Wald.

- Hallo, ich bin Kamilla Dawai.

Sie trägt ein Partykleid.

- Für Moos ist Platz auf der kleinsten Fläche.

Fabiola legt die Hand ans Ohr.

- Wie kommst du darauf?

Kamillas Stimme klingt vergnügt.

- Ich würde euch gern eine moosbetupfte Steinbank zeigen.

Rat beugt die Beine.

- Danke, das lassen wir uns nicht entgehen! Moos ist ein Blickfang.

Gesäumt von Wacholdersträuchern geht der Weg in Serpentinen hinauf.

Uschi geht aufrecht.

- Wir gewinnen zusehends Höhe.

Phlox gibt ein ermunterndes Zeichen.

- Keine Wolke trübt das Blau.

Unter der ausladenden Krone eines mächtigen Baums steht die Bank, von Moos überwuchert.

Kamilla streift mit dem Finger über die Braue.

- Moos ist nicht einfach Moos.

Fabiola streckt den Hals.

- Ich finde es immer wieder interessant, die Sporenkapseln anzuschauen.

Rat bringt seine Augen zum Leuchten.

- Sie haben einen unbeschreiblichen Reiz.

Ein mit Leinwand bespannter Keilrahmen lehnt an die Steinbank.

Uschi fährt mit dem Finger über den Stoff.

- Wir haben richtig Glück.

Phlox spielt mit dem Pinsel.

- Diese Leinwand würde jedes Atelier der Welt schmücken.

Kamilla hält den Kopf vorgestreckt.

- Ein kleines bisschen fehlt.

Fabiola schaut sich erwartungsvoll um.

- Schön wäre es, wenn jemand malen würde.

Rat stellt den goldenen Topf auf die Steinbank.

- Die Farbe ist bereit.

Uschi lenkt den Blick auf Phlox.

- Du hast den Pinsel in der Hand.

Er bietet ihn Kamilla an.

- Ich gebe ihn gern weiter.

Sie drückt ihn Huch in die Hand.

- Lässt du dich gern verführen?

Er tunkt den Pinsel in den goldenen Topf.

- Wieso verführen? Die Farbe ist bequem erreichbar.

Fabiola stemmt die Hände in die Hüfte.

- Das Team kann jetzt durchatmen.

Rat winkelt den Ellbogen ab.

- Ein Glück, dass wir auf dich zählen dürfen.

Uschi streicht sich mit den Händen seitlich das Gesicht entlang.

- Entdecke die Freude, einen Kreis entstehen zu sehen.

Huch malt ihn auf die Leinwand.

- Ich mache mal den Anfang.

Phlox biegt den Kopf etwas nach hinten.

- Ich bin restlos begeistert.

Kamilla wiegt den Kopf.

- Es fehlt noch irgendetwas.

Fabiola wischt mit der rechten Hand über den linken Arm.

- Es könnte ein Buchstabe sein.

Rat zeigt beim Lächeln die Vorderzähne.

- Welchen würdest du am besten finden?

Fabiola legt die Hand auf Huchs Arm.

- Wie wäre es mit einem „H"?

Er taucht den Pinsel in die lavendellila Farbe.

- Das ist wesentlich mehr als nur ein Strich.

Uschi bewegt sich aus der Hüfte heraus.

- Schon, aber ein „H" ist genau das, was wir im Moment brauchen.

Phlox spannt den Rücken leicht an.

- Ich wache jeden Morgen auf und frage mich: Gibt es Sachen, die in meinem Leben wichtig sind?

Kamilla schaut ihn von der Seite an.

- Und was ist die Antwort?

Er faltet die Hände vor der Brust.

- Ein Bild mit einem „H". Ich denke, das ist stark.

Fabiola guckt nach rechts und nach links.

- Alle empfinden etwas, wenn sie sich einen Buchstaben vorstellen.

Rat breitet die Arme aus wie Flügel.

- Kein Wunder also, dass wir gebannt zuschauen, wenn du ihn malst.

Huch setzt ein „H" aufs Bild.

- In dem Fall, kein Zagen und Zaudern!

Das Lama und die Schere im Gras

Die Sonne strahlt auf die kalkweiße Kiesbucht.
Huch schaut auf die Wellen hinaus.
Der See schimmert im Licht.
Eine Frau läuft das Ufer entlang.

- Hallo, ich bin Quinta Hawa.

Sie trägt eine Robe.
- Interessierst du dich für Ameisen?
Ein Mann kommt aufrecht und mit federnden Schritten.

- Hallo, ich bin Edoardo Gaal.

Er trägt eine Safariuniform.
- Das tönt vielversprechend. Ich bin dabei.
Quinta deutet ein Kopfnicken an.
- Das macht uns auch ein wenig stolz, wenn wir sehen, wie rasch unser Team wächst.
Gaal glättet das Gesicht zu einem sonnigen Lächeln.
- Mir macht es ungeheuer Spaß beizutreten.
Sie geht in einen dichten Uferwald.
- Man sieht es dir an.
Er drückt sich durch die Büsche.
- Das Wandern hat mich schon immer fasziniert.
Der Weg führt durch einen Tunnel aus dichtem Grün.

Quinta winkt Huch.

- Kommst du?

Gaal schlenkert mit den Armen.

- Wir bevorzugen es, im Team unterwegs zu sein.

Huch verlagert das Gewicht auf die Fersen.

- Ich finde es keinen Nachteil.

Sie wölbt einen Hohlraum zwischen den Händen.

- Das ist eben persönlicher.

Gaal hüpft auf der Stelle.

- Weil wir uns kennen.

Meterhohe Wurzeln schlängeln sich um einen Ameisen-
haufen.

Quinta lässt den Kopf leicht nach vorne kippen.

- Wir haben eine Glückssträhne.

Gaal schickt ein Zucken durch die Augen.

- Bequem und schnell haben wir die Ameisen gefunden.

In einer sonnengesprenkelten Nische klettert eine Außerirdische aus einem Raumschiff.

- Hallo, ich bin Chloé Zuffenhausen.

Sie trägt einen Glitzerrock und einen Rucksack.

- Habt ihr ein Herz für Ameisen?

Quinta legt 3 Finger an ihre Lippen.

- Ja sicher! Sie bringen uns zum Staunen.

Gaal reibt sich die Hände.

- Beim genaueren Hinschauen wird deutlich, dass sie sich
ausgezeichnet verständigen können.

Chloé knickt den Oberkörper leicht ein.

- Da kann ich viel dazulernen.

Quinta reckt den Kopf ein wenig.

- Gibt es Sachen, die in deinem Leben wichtig sind?

Chloé schiebt leicht die Hüfte vor.

- Ja. Auf allen Raumflügen sollte man immer einen Pyjama dabeihaben.

Gaal wedelt mit dem Arm.

- Hast du ihn vergessen?

Sie schlägt die Hände vor die Augen und blickt durch die Spalten zwischen den Fingern.

- Leider. Ich sollte eigentlich in Sekundenschnelle einsteigen und zurückfliegen.

Ein Mann hechelt durch den Wald.

- Hallo, ich bin Silvester Meng.

Er trägt einen Zylinder.

- Willst du das wirklich tun?

Chloé lächelt verschmitzt.

- Durchaus. Ich stecke schon in den Startlöchern.

Meng zieht eine Augenbraue sanft nach oben.

- Ich sage dir jetzt etwas: Wenn wir mit wachen Augen durch den Wald gehen, finden wir einen Würfel.

Quinta bewegt die Unterarme auf und ab.

- Würfel stehen in der Beliebtheitsskala ganz oben.

Gaal schaut Chloé an.

- Wir wissen genau, was du magst.

Sie lässt das Fußgelenk kreisen.

- Warum könnte ich einen brauchen?

Meng verlässt den Waldweg und steigt steil an.

- Er sorgt für Erstaunen.

81

Quinta folgt ihm.

- Das dürfen wir uns nicht entgehen lassen.

Gaals Finger fliegen.

- Nun ja, wenn uns jemand überredet.

Auf der Höhe liegt ein Würfel im Moos.

Chloé geht in die Hocke.

- Das hätte ich nie gedacht, dass man ihn ohne Anstrengung findet.

Meng hält inne.

- Du hast gute Augen.

Quinta kniet nieder.

- Mir wäre der Würfel gar nicht aufgefallen.

Gaal lehnt gegen einen Baum.

- Wenn du einen entdeckst, darfst du nicht zögern. Bück dich, heb ihn auf!

Chloé klaubt den Würfel aus dem Moos.

- Ich bin so froh, dass ihr dabei seid und mir gute Tipps gebt.

Meng schlägt die Lider nieder.

- Ich bitte dich, das würdest du an unserer Stelle auch tun.

Quinta kehrt beide Handteller nach oben.

- Wir helfen einander.

Gaal hüpft auf einem Bein.

- Wir sind ein Team.

Chloés Gesicht hellt sich auf.

- Der Würfel ist sehenswert.

Meng hebt das linke Bein leicht nach hinten an.

- Du könntest auf die Idee kommen, eine Zahl zu würfeln.

Quinta beugt den Oberkörper zur linken Seite.

- Wirf ihn auf oder lass ihn über den Waldboden rollen!

Gaal schiebt die Hüfte etwas vor.

- Verliere keine Sekunde!

Chloé lässt den Würfel fallen.

- Wenn ihr mich darum bittet, kann ich mich wohl kaum sträuben.

Meng moduliert die Stimme.

- Du hast Glück!

Quinta zeigt auf die Punkte.

- Die Zahl, die du gewürfelt hast, ist 4.

Eine Frau läuft durch den Wald.

- Hallo, ich bin Tamara Abdera.

Sie trägt eine Rüschenbluse und bringt einen Pyjama.

- 4 ist deine persönliche Glückszahl! Du hast einen Pyjama gewonnen.

Gaal steht neben Chloé.

- Sicher nimmst du den Gewinn gern an.

Sie legt die rechte Hand auf die Wange.

- Und wie! Ich sehe es voraus. Das wird mein Lieblingspyjama.

Meng beugt den Oberkörper leicht nach vorn.

- Verlass dich voll auf meinen Blick! Ich erkenne es sofort.

Er lässt keine Wünsche offen.

Tamara gibt ihr den Pyjama.

- Er passt dir perfekt.

Quinta schwingt die Hüfte.

- Meiner Meinung nach erfüllt er alle Erwartungen.

Gaal atmet tief durch.

- Wir haben ein Auge dafür.

Ein Mann rennt im Zickzack zwischen den Bäumen durch.

- Hallo, ich bin Bob Walch.

Er trägt einen Ameisenanzug.
- Wie wäre es? Wollt ihr ein Lama sehen?
Chloé schiebt den Pyjama in den Rucksack.
- Unbedingt! Das Lama ist sich selber treu.
Meng liest den Würfel auf.
- Das gefällt uns.
Walch hebt den Kopf hoch.
- Ich habe es mir gedacht.
Er winkt mit nach unten gedrehten Handflächen das Team zu sich.
- Gleich sind wir bei ihm.
Einmal wendet sich der Weg nach rechts, dann nach links.
Tamara fragt Huch.
- Weißt du, was meine Stärke ist?
Er verschränkt die Hände ineinander.
- Was denn?
Sie drückt sanft seinen Arm.
- Ich kann mich für Abenteuer begeistern.
Ruhe liegt über der angrenzenden Wiese, auf welcher das Lama grast.
Walch stellt sich auf die Zehenspitzen.
- Ich liebe die Art, wie es weidet.
Quinta neigt den Kopf.
- Ich finde seine Augen schön.
Gaal springt mit weit ausgestreckten Beinen durch die Luft.

- Es wirkt ungeheuer anregend.

Chloé weicht einen Schritt zurück.

- Vorsicht! Da liegt eine Schere im Gras.

Meng hebt sie auf.

- Mach dir keine Sorgen!

Tamara verbeugt sich nach rechts, zur Mitte, nach links.

- Wir sind achtsam. Und daher ist unser Team frei von Stress.

Walch stützt das Kinn auf die linke Faust.

- Das ist eine Schere, die alles kann und jeden Wunsch erfüllt.

Eine Frau schlendert über die Wiese.

- Hallo, ich bin Yayla Jankowski.

Sie trägt ein Satinkleid und bringt ein Blatt Papier.

- Möchtet ihr einen Scherenschnitt machen?

Die fliegenden Erdbeeren

Moos, Farn und Baumriesen säumen den Pfad.
Huch wandert durch urwaldartiges Gelände.
Vögel tschilpen.
Eine Frau kommt auf leisen Sohlen.

- Hallo, ich bin Ninette Oberhauser.

Sie trägt einen Tellerhut.
- Möchtest du gerne mal abschalten und entspannen?
Ein Mann dackelt in tänzerischen Zick-Zack-Bewegungen
durch den Wald.

- Hallo, ich bin Klaas Piep.

Er trägt einen Bademantel.
- Ich bin müde und würde mich gern ausruhen.
Ninette stellt ein Bein angewinkelt auf eine Wurzel.
- Ist gut! Wir müssen uns alle etwas entschleunigen.
Piep schließt leicht die Augen.
- Da tut es doch gut, sich Zeit zu nehmen.
Eine Frau lugt hinter einem Baum hervor.

- Hallo, ich bin Fabia Vienenburg.

Sie trägt ein Wickelkleid.

- Möchtet ihr ein azurblaues Pferd kennenlernen?

Ninettes Augenbrauen hüpfen.

- Unbedingt! Das verspricht, kurzweilig zu werden.

Piep legt den Arm an den Körper.

- Ich mag Pferde am liebsten.

Fabia geht voraus.

- Egal, ob nah oder fern, sie sind immer beliebt.

Ein Pfad führt auf den Berg.

Ninette legt den Knöchel des Mittelfingers an die Schläfe.

- Ich würde den Weg als steil beschreiben.

Piep reckt die Schultern.

- Hier liegt auch der Reiz der Sache.

Auf der Bergweide grast das azurblaue Pferd.

Ein Lächeln schleicht sich in Fabias Gesicht.

- Nun dürftet ihr Augen machen.

Ninette beugt leicht das Standbein.

- Es kommt einem Wunder gleich.

Piep fährt sich über das Kinn.

- Wir haben Glück, dabei zu sein.

Fabia lächelt von Ohr zu Ohr.

- Es gibt nichts Schöneres, als die Natur zu genießen.

Ninette entdeckt eine alte Bahnsteigbank.

- Träume gibt es viele.

Pieps Gesicht hellt sich auf.

- Aber was würde uns am meisten reizen?

Fabia streicht ihr Haar zurück.

- Wir relaxen.

Ninette nimmt Platz.

- Das Nichtstun ist doch das Schönste.

Klaas lässt sich nieder.

- Wenn ich mich auf einer Bank ausruhe, vergesse ich die Welt um mich herum.

Fabia winkt Huch.

- Setz dich zu mir!

Ein Mann wandert durch die Bergweide.

- Hallo, ich bin Laurus Daub.

Er trägt ein Cap.

- Ich will auf jeden Fall dabei sein.

Sie rutscht ein wenig zur Seite.

- Man merkt dir die Vorfreude an.

Daub setzt sich.

- Da fühle ich mich wirklich geborgen.

Eine Frau betritt die Bergwiese.

- Hallo, ich bin Ute Raselli.

Sie trägt einen Armreif.

- Eine riesige Buche steht nur einen Katzensprung von hier entfernt.

Ninette streckt die Beine.

- Ich kann mir gut vorstellen, dass wir bald aufbrechen.

Klaas verschränkt die Arme hinter dem Kopf.

- Wer möchte das nicht!

Fabia scheint die Sonne ins Gesicht.

- Im Moment sind wir angenehm entspannt.

Daub schirmt seine Augen mit der Hand ab.

- Später werden wir den Baum besichtigen.

Ute rückt den Armreif zurecht.

- Das könnt ihr machen, wie es euch gefällt.

Sie blinzelt Huch unauffällig zu.

- Darf ich dich etwas fragen?

Er legt eine Hand auf die Hüfte.

- Nur zu.

Ute wirft ihm einen freundlichen Blick zu.

- Kommst du gleich mit?

Huch lässt Schultern und Arme locker herabhängen.

- Ja. Wir werden uns die Buche ansehen.

Schritt für Schritt führt der Weg durch die Wiese.

Ute nimmt einen tiefen Atemzug.

- Es gefällt mir, zusammen, nicht allein unterwegs zu sein.

Ein Mann rennt vorwärts und rückwärts durchs Gras.

- Hallo, ich bin Ibo Jörn.

Er trägt einen Filzhut.

- Ich schätze das Beisammensein.

Sie setzt einen Fuß vor den anderen.

- Du hast ein ansteckendes Lachen.

Jörn hopst.

- Danke! Ihr glaubt kaum, wie unsäglich dankbar und erleichtert ich bin, ein Team gefunden zu haben.

Am Rand der Bergwiese ragt die mächtige Buche auf. Ihre Krone ist dicht und blattgrün.

Ute zieht den Arm zur Schulter hoch.

- Wahrscheinlich wächst sie unaufhaltsam.

Jörn wiegt den Kopf hin und her.

- Sie passt in die Landschaft.

Sie findet einen kleinen Jutesack zwischen den Wurzeln.

- Jemand sollte ihn öffnen.

Er löst die Schnur.

- Das könnte ich übernehmen.

Ute lässt den Fuß kreisen.

- Was ist drin?

Jörn schlägt den Stoff auseinander.

- Es ist kreideweißes Salz.

Sie klaubt mit Daumen und Zeigefinger eine Prise.

- Ich würde eher sagen: Sand.

Er zieht eine Augenbraue in die Höhe.

- Bislang hatte ich angenommen, es würde nur beigen geben.

Ute lächelt entspannt.

- Sand gibt es in allen Farben. Nimmst du ihn mit?

Jörn hält den Sack hoch.

- Ja sicher! Er ist federleicht. Den trage ich, ohne mich anzustrengen.

Die Schritte einer Frau werden kürzer.

- Hallo, ich bin Quarta Gercke.

Sie trägt einen Sternenmantel.

- Ich habe etwas ganz Besonderes für euch.

Ute richtet einen prüfenden Blick auf sie.

- Ich lasse mich gern überraschen.

Jörn neigt den Kopf nach vorn.

- Du hast uns schon überzeugt.

Quarta geht in aufrechter Haltung voran.

- Gut! Dann bringe ich euch zu den fliegenden Erdbeeren.

Der Weg führt über moosige Steinstufen auf den Berg.

Ute hüpft durch die Luft.

- Witzig, dass es fliegende Erdbeeren gibt!

Jörn springt auf einen Felsbrocken.

- Ich kann nicht leugnen, dass ich gespannt bin.

Quarta reckt den Kopf, dreht ihn rasch, als ob sie etwas bemerken würde.

- Wir finden sie leicht.

Eine Erdbeere fliegt über den Bergweg.

Ute läuft ihr nach.

- Sie ist zu schnell für mich.

Jörn rennt freudestrahlend hinterher.

- Ich finde, dass wir unser Bestes geben sollten.

Quarta dreht sich nach Huch um.

- Wann bist du das letzte Mal vor Freude in die Luft gesprungen?

Er schaut ihr in die Augen.

- Als ich ein Spiel spielte, in dem jemand Macht über die Schwerkraft hat.

Die Erdbeere fliegt über ein Haus mit einem neckischen Glockentürmchen auf dem Dach. Über der Tür prangt ein Schild mit der Aufschrift „Ausstellung".

Ein Mann öffnet die Tür.

- Hallo, ich bin Elliot Ahr.

Er trägt ein Hemd.

- Darf ich euch sagen, woran ihr denkt?

Ute lässt die Schulter fallen.

- Woher willst du das wissen?

Ahr legt beide Hände mit den Fingerspitzen aneinander.

- Ich schaue euch zu. Ihr wollt eine fliegende Erdbeere fangen.

Jörn lächelt gelöst.

- Das stimmt haargenau.

Ahr erspäht den kleinen Jutesack.

- Und zu meiner Freude sehe ich, dass ihr etwas zum Ausstellen bringt.

Jörn neigt den Oberkörper vor.

- Bist du auf der Suche nach Sand?

Ahr schaut in den Sack.

- Und wie! Ich stelle nur Sandbilder aus.

Quarta berührt Huchs Arm.

- Möchtest du bei mir ein paar Pünktchen auf dem Konto haben?

Er atmet durch.

- Sich darüber Gedanken zu machen, finde ich spannend.

Jörn reicht ihm den Jutesack.

- Jetzt muss ein Bild entstehen, auf das die Welt wartet.

Das Tal hinter dem Wasserfall

Das Wasser braust beim mächtigen Wasserfall.
Huch zählt die Farben im Gischtnebel.
Aus den Dunstschleiern taucht ein Fels mit einem Spalt auf.
Eine Frau geht federnden Schrittes auf dem Bergweg.

- Hallo, ich bin Wladislawa Tornow.

Sie trägt ein Cocktailkleid.
- Welches ist der beste Rat, den du je erhalten hast?
Ein Mann stellt einen Fuß vor den anderen.

- Hallo, ich bin Sören Zaugg.

Er trägt Jeans.
- Ich berate euch, wenn ihr das wünscht.
Wladislawa zuckt mit den Augenbrauen.
- Möchtest du Anschluss finden?
Zaugg beugt den Kopf.
- Ja, ich wäre gern dabei.
Sie bestreicht mit dem Finger den Mund.
- Wir nehmen dich auf.
Er streicht sich über den Hinterkopf.
- Bin ich jetzt in eurem Team? Sehe ich das richtig?
Wladislawa zwinkert ihm zu.

- Goldrichtig! Ich hoffe, du fühlst dich wohl bei uns.

Zaugg beugt die Hüfte.

- Ja sicher! Ich finde unser Team cool.

Eine Frau tritt durch den Felsspalt.

- Hallo, ich bin Celestina Massa.

Sie trägt ein Druckkleid.

- Es gibt in der ganzen Welt keine bessere Freiluftbühne als in unserem Tal.

Wladislawa wirft das Haar in den Nacken.

- Ich finde Bühnen spannend.

Zaugg spreizt die Finger.

- Ein Auftritt ist genau das, was uns gefehlt hat.

Celestina sagt mit aufmunterndem Blick.

- Ich führe euch hin. Was haltet ihr davon?

Wladislawa drückt beide Knie durch.

- Das käme uns gelegen.

Der gut befestigte Weg folgt dem Wasserlauf.

Zaugg hält den Rücken aufrecht.

- Wenn wir zusammen unterwegs sind, dann gibt es kein Hindernis.

Celestina stupft Huch mit dem Finger.

- Wir passen gut zusammen.

Ein Mann schreitet auf dem Weg.

- Hallo, ich bin Hermann Yis.

Er trägt eine Kapuzenjacke.

- Seid ihr daran, ein Team aufzubauen?

96

Wladislawa zeigt beim Lächeln die strahlenden Zähne.

- Wir betrachten dich auf jeden Fall gern als Teammitglied.

Zaugg sieht ihm in die Augen.

- Klingt das gut für dich?

Yis schiebt die linke Hand in die rechte.

- Danke! Ihr bringt mich zum Träumen.

Die Freiluftbühne steht in einer wilden Wiese.

Celestina steigt über die Holztreppe hinauf.

- Da sind wir!

Yis klettert auf die Rampe.

- Habt ihr jemals auf einer Bühne gesungen?

Wladislawa schickt aufmunternde Blicke und schwingt sich neben ihn auf die Bühne.

- Wir möchten, dass du ein Lied singst.

Zaugg stemmt sich hoch.

- Interessierst du dich für Musik?

Yis reibt den Hals.

- Natürlich! Aber ich habe ein bisschen Lampenfieber.

Celestina beugt sich zu Huch herab.

- Hättest du nicht Lust, zu uns auf die Bühne zu kommen?

Er benutzt die Treppe.

- Muss ich etwas mitnehmen?

Wladislawa blickt ihn die Runde.

- Vermissen wir etwas?

Zaugg zeigt auf Huch.

- Ja sicher, dich! Wenn nicht alle Teammitglieder auf der Bühne sind, fehlt jemand.

Celestina streckt die Hand aus.

- Ich mag die Art, wie du die Stufen hochsteigst.

Yis tanzt mit ausgebreiteten Armen.

- Ich freue mich schon sehr darauf, dich da oben zu begrüßen.

Wladislawa wendet sich Huch zu.

- Möchtest du schauspielern?

Eine Frau trippelt tänzelnd durch die Wiese.

- Hallo, ich bin Brenda Uray.

Sie trägt ein Elfenkostüm mit Gaze-Rock.

- Ich schlage vor, dass ihr mich ins Team nehmt.

Zaugg heißt sie willkommen.

- Du bist dabei.

Brenda eilt zur Treppe.

- Das hätte ich mir in meinen kühnsten Träumen nicht vorzustellen getraut.

Celestina winkelt das linke Bein leicht an.

- Du siehst wie eine Elfe aus.

Yis schiebt eine Schulter nach vorne.

- Dein Kostüm sitzt tadellos.

Brenda nimmt immer 2 Stufen auf einmal.

- Danke, dass ihr das sagt!

Wladislawa klatscht.

- Du verdienst schon einen Applaus.

Zauggs Blick schweift zu Huch.

- Welcher Ort wäre ideal für einen Ausflug?

Ein Mann durchquert die Wiese im Geschwindschritt.

- Hallo, ich bin Igor Flex.

Er trägt eine Matrosenjacke.

- Möchtet ihr wissen, was ganz in der Nähe liegt?

Celestina reckt den Hals.

- Ja gern! Was würdest du uns empfehlen?

Flex tritt vor die Bühne.

- Ich bin mir fast sicher, dass euch die Hochzeitshalle gefallen könnte.

Yis hüpft die Treppe hinunter.

- Die müssen wir uns näher ansehen!

Brenda springt von der Rampe.

- Da sollten wir unverzüglich hin.

Flex faltet die Hände.

- Wenn ihr das wünscht, zeige ich euch den Weg.

Wladislawa kommt von der Bühne.

- Wir verlassen uns auf dich.

Zaugg bewegt sich mit wiegenden Schultern.

- Ich hatte bisher keine Ahnung, wo diese Halle steht.

Der Wanderweg verläuft im Zickzack durch die Wiese.

Celestina tippt Huch von hinten an die Schulter.

- Ich würde gern mit dir über die Hochzeit reden.

Eine Frau läuft barfuß.

- Hallo, ich bin Ulrica Vierkirchen.

Sie trägt ein Fledermauskostüm.

- Heiraten ist meine Leidenschaft.

Yis kratzt sich am Nacken.

- Was sollte man über dich wissen?

Ulrica runzelt die Augenbrauen.

- Ich verstehe die Frage nicht ganz.

Brenda hat die Hand am Ohr.

- Du machst uns eben neugierig.

Flex zeichnet einen Bogen in die Luft.

- Wie wird dein Nachname geschrieben?

Ein froher Zug spielt um Ulricas Lippen.

- Ich brauche etwas Schreibpapier. Dann zeige ich es dir gerne.

Ein Mann kommt forschen Schrittes heran.

- Hallo, ich bin Qin Reck.

Er trägt einen Pyjama und bringt ein Blatt.

- Es freut mich sehr, dass ich dir helfen kann.

Ulrica neigt den Fuß leicht nach außen.

- Danke für das Papier!

Wladislawa lächelt mit den Augen.

- Dieses Blatt gefällt mir.

Zaugg berührt es mit der Fingerspitze.

- Es haben nicht viele Menschen das Glück, ein so feines Papier zu bekommen.

Eine Frau trifft ein.

- Hallo, ich bin Alin Oster.

Sie trägt Glitzer im Gesicht und bringt einen Bleistift.

- Nichts ist vollkommen, außer diesem Stift.

Ulrica betrachtet ihn.

- Vielen Dank! Das ist ohne Zweifel der beste, den ich je gesehen habe.

Celestina wirbelt herum.

- Er ist in seiner Art einzigartig.

Yis stellt den rechten Fuß vor den linken.

- Es ist gut, dass es ihn gibt.

Brenda öffnet den Mund.

- Er ist so ganz anders als die andern.

Flex geht leicht nach vorn gebeugt zu einem flachen Felsen.

- Willst du die Platte als Tisch benutzen?

Ulrica legt das Blatt darauf.

- Ich bin um jeden Tipp froh.

Reck steht mit durchgedrücktem Rücken.

- Hast du auch schon daran gedacht, deinen Namen nicht mit Buchstaben zu schreiben?

Sie sagt mit breitem Lächeln.

- Nein! Wie soll das funktionieren?

Alin gibt Huch den Stift.

- Kannst du uns vielleicht helfen?

Er stellt sich vor die Felsplatte.

- Wenn ihr einverstanden seid, schreibe ich eine 4.

Daneben zeichnet er ein Viereck und ein Dreieck.

- Das wäre die Kirche mit dem Turm.

Das Reh mit Flügeln

Als wollte die Sonne jeden Halm genau untersuchen, wandert ein Lichtfleck über den Hang.
Huch sieht den von Wolken gebrochenen Sonnenstrahlen zu.
Der Berg ragt schroff auf.
Eine Frau tritt heran.

- Hallo, ich bin Delilah Klingler.

Sie trägt ein Kreppkleid.
- Was würdest du wünschen, wenn du einen Wunsch offen hättest?
Ein Mann marschiert mit großen Schritten heran.

- Hallo, ich bin Niki Lohr.

Er trägt eine Radlerhose.
- Darf ich euch meinen Wunsch sagen?
Delilah schenkt ihm ein aufmunterndes Lächeln.
- Aber sicher! Was hättest du gern?
Lohr dreht das Bein langsam zur Seite.
- Ich möchte mehr Freunde haben.
Sie schaukelt den Arm.
- Ist gut! Wir könnten uns einfach mal umsehen.
Er zuckt mit den Mundwinkeln.

- Eigentlich hast du recht. Warum bin ich nicht von selber darauf gekommen?

Eine Frau kraxelt über einen Felsen.

- Hallo, ich bin Elaina Palmer.

Sie trägt eine Lederjacke.

- Möchtet ihr an einer Geige zupfen?

Delilahs Stimme hüpft auf und ab.

- Ja! Schon der Gedanke daran vergnügt mich.

Lohr hebt das Handgelenk.

- Die Geige ist schon etwas Besonderes.

Elaina führt sie bergauf und bergab um die Felsen herum.

- Es gibt viele Wege.

Delilah guckt vergnügt.

- Wir genießen den beeindruckenden Ausblick.

Lohr stampft vor Freude mit den Füßen.

- Ich finde es anregend und wertvoll, mit euch unterwegs zu sein.

Auf einem Kalkstein, der wie ein riesiger Pilz aussieht, liegt eine Geige.

Elaina drückt sanft Huchs Schulter.

- Was sagst du dazu.?

Huch senkt den Blick.

- Es gibt Dinge in dieser Welt, die man einfach nicht mit Worten ausdrücken kann.

Delilah sagt augenzwinkernd zu Lohr.

- Was wäre, wenn du einen Ton zupfen würdest?

Lohr kämmt sich das Haar aus der Stirn.

- Ich werde darüber nachdenken.

Elaina nimmt die Geige und wirft sie Huch zu.

- Fang sie!

Er erhascht sie mit beiden Händen.

- Die Geige hat einen langen Hals.

Delilah führt den Handrücken an die Stirn.

- Er scheint griffig zu sein.

Lohr richtet den Daumen auf.

- Ich wüsste gern, was du jetzt vorhast.

Huch zupft an der G-Saite.

- Ich probiere diese Saite und höre, wie sie klingt.

Elaina legt ihm eine Hand auf den Rücken.

- Damit sendest du ein Signal aus.

Er legt die Geige auf den Stein zurück.

- Mir ist nicht klar, was du damit meinst.

Delilah stupft ihn.

- Wir empfinden etwas, wenn wir deinen Ton hören.

Lohr zeigt einen Anflug von Lächeln.

- Soll ich dir verraten, was du ausgedrückt hast?

Huch winkelt den Arm an.

- Ja, das nimmt mich schon sehr wunder.

Elaina fasst sein Handgelenk.

- Du möchtest jemanden aus dem Dornröschenschlaf wecken.

Ein Mann hopst um die Felsen.

- Hallo, ich bin Gilberto Van.

Er trägt eine Schuluniform.

- Kann es sein, dass ihr auf den grünen Berg wollt?

Delilah presst den Mund zu einem Strich zusammen.

- Wollen wir das wirklich?

Lohr wippt herum.

- Durchaus! Bergtouren sind immer beliebter.

Elaina führt die Zunge zur Oberlippe.

- Außerdem macht es uns einfach Freude, zusammen unterwegs zu sein.

Van lässt den Blick suchend über den Horizont geiten.

- In dem Fall kann es losgehen.

Ein steiler Pfad führt hinauf.

Delilah schaut Lohr ins Gesicht.

- Hast du ein Auge für die Natur?

Er schreibt schnell Ringe in die Luft.

- Selbstverständlich! In der Natur zu sein, ist das größte Glück.

Elaina hebt den Kopf.

- Der Bergwald kann eine wohltuende Wirkung haben.

Van lässt den Blick schweifen.

- Das ist das Wichtigste.

Eine Frau geht den Weg entlang.

- Hallo, ich bin Tamina Ogawa.

Sie trägt ein Maxikleid.

- Was gefällt euch im Wald am besten?

Delilah legt die Hand an die Wange.

- Die Blätter rauschen hören und sich geborgen fühlen.

Lohr hebt den Daumen.

- Ich mag es, Vögel zu beobachten.

Elaina bekommt glänzende Augen.

- Wir lieben Tiere.

Van lockert den Kragen mit dem Zeigefinger.

- Ich träume, dass ich ein Reh sehe.

Tamina hebt ein Bein etwas vom Boden ab.

- Ist gut! Ich führe euch in den wildesten Teil des Waldes.

In Serpentinen windet sich der Weg dem Berghang entlang.

Ein breites Lächeln huscht über Delilahs Gesicht.

- Im Wald macht das Spazierengehen richtig Spaß.

Lohr zieht die Oberlippe ein.

- Außer Vogelgezwitscher höre ich kein Geräusch.

Die Föhrennadeln duften.

Elaina springt in die Höhe.

- Bewegung im Grünen hilft beim Entspannen.

Van schöpft Atem.

- Gute Luft und Stille beruhigen.

Am Wegesrand mümmelt ein Reh ein paar Gräser ab. Es hat Flügel am Rücken.

Tamina legt Huch die Hand auf die Schulter.

- Ein Traum geht in Erfüllung.

In einer leichten Drehung des Oberkörpers wendet er sich ihr zu.

- Es verschlägt mir glatt die Sprache.

Delilah fährt sich mit dem Handrücken über die Stirn.

- Ein Reh mit Flügeln, das ist wirklich überraschend.

Lohr sperrt die Augen auf.

- Mir kommt es vor, als wären wir in eine andere Welt spaziert.

Das Reh hebt den Kopf, lauscht.

Elaina wispert hinter vorgehaltener Hand.

- Wir müssen leise sein.

Van zieht die Unterlippe ein.

- Sonst scheuchen wir es auf.

Das Reh schlägt mit den Flügeln, läuft ein paar Schritte, hebt ab.

Taminas Mund steht offen, als könne sie es kaum glauben.

- Ich fühle mich eigenartig verzaubert.

Delilah ringt um Worte.

- So etwas habe ich nie erlebt.

Lohr überlegt, wie er es ausdrücken soll.

- Es ist sehr außergewöhnlich.

Das Reh löst sich als winziger Punkt im strahlend hellblauen Himmel auf.

Ein Mann kommt mit ausgreifenden Eisläuferschritten.

- Hallo, ich bin Yodit Zhang.

Er trägt Tennisschuhe.

- Möchtet ihr eine unbekannte Gegend kennenlernen?

Elaina streift das Schläfenhaar hinter die Ohrmuschel zurück.

- Gern! Da lässt sich viel erleben.

Van hebt das Handgelenk.

- Ich wünschte, wir würden einen Baumriesen sehen.

Zhang hat ein leichtes Lächeln auf den Lippen.

- Der stämmigste im ganzen Wald wartet auf euch.

Tamina stellt sich auf die Zehenspitzen.

- Ist er leicht zu finden?

Er legt die Hand auf den Oberschenkel.

- Ja, das ist kein Problem.

Delilah fährt sich durchs Haar.

- Am schönsten wäre es, einer Eiche zu begegnen.

Zhang verspricht.

- Das ist ein leicht erfüllbarer Wunsch.

Lohr schwingt die Arme vor dem Oberkörper.

- Ich bin sofort dabei.

Der Weg läuft an der Südkante des Bergs entlang.

Elaina schaut Van ins Gesicht.

- Du siehst beschwingt aus.

Der Zuspruch beflügelt seine Schritte.

- Wer, wenn nicht ich! Du hast recht.

Zwischen den kahlen Steinbrocken wachsen Wacholder-büsche. Über ihnen erhebt sich eine gigantische Eiche.

Tamina umarmt den Stamm.

- Hier können wir neue Energie tanken.

Zhang fragt Huch mit ausgesuchter Freundlichkeit.

- Welchen Schritt machen wir als nächstes?

Huch legt die Hände zusammen.

- Wir legen eine Pause ein.

Die Feuerlilie in der Sonne

Ein markanter Fels ragt aus dem Wald.
Huch klettert vorsichtig über ausgetretene Steinstufen.
Gräser bewachsen den Felsrücken.
Eine Frau schlendert auf dem Bergweg.

- Hallo, ich bin Cindy Birnbacher.

Sie trägt ein Nickistoffkleid.
- Es sieht so aus, als würdest du eine Feuerlilie suchen.
Ein Mann macht einen Streifzug.

- Hallo, ich bin Holger Jupp.

Er trägt einen Wollschal.
- Mein erster Gedanke beim Aufwachen ist: Wo hat es eine Lilie?
Ihr Kleid rutscht ein wenig hoch.
- Willst du etwas Vergnügliches hören?
Jupp verfolgt gebannt jede ihrer Bewegungen.
- Da sage ich nie nein.
Cindy zeichnet Wellenlinien in die Luft.
- Wir sind ein Team. Mit uns kannst du in die bunte Welt der Blumen abtauchen.
Sein Oberkörper kippt immer weiter nach vorne.
- Dann finde ich keine besseren Partner als euch.

Der Weg ist in den steilen Felsen hineingehauen.

Cindy schaut Jupp herausfordernd in die Augen.

- Nimm deine Füße bewusst wahr!

Er blickt an sich herunter.

- Ich spüre, wie sie fest auf dem Boden stehen.

Sie spreizt den kleinen Finger ab.

- Ist gut! Auf dem Berg ist Tempo nämlich ein Fremdwort.

Jupp lässt sich vom Licht berieseln.

- Es lohnt sich, einen Moment innezuhalten und Kraft zu tanken.

Eine feuerrote Blume leuchtet verheißungsvoll in der grellen Sonne.

Cindy hebt die Ferse des hinteren Beins.

- Für uns steht die Feuerlilie im Mittelpunkt.

Er schiebt die Hände in die Hosentaschen.

- Hier ist wirklich noch Natur.

Eine Frau beschleunigt ihre Schritte.

- Hallo, ich bin Shi Idriz.

Sie trägt ein Organza-Kleid.

- Habt ihr einen großen Traum?

Cindy spannt die Oberschenkel.

- Woran denkst du?

Shi greift ins Haar.

- Möchtet ihr auf einer Bühne stehen?

Cindy steht das Herz einen Wimpernschlag lang still.

- Ja! Es gibt wohl kaum einen passenderen Ort um aufzutreten.

Jupp sperrt die Augen auf.

- Genau das wäre der Zauber, der uns beflügelt.

Shi fragt mit lauter, leicht singender Stimme.

- Wisst ihr, wo die Waldbühne ist?

Cindy blickt sie mit leicht gesenktem Kopf an.

- Nein! Es ist nett, wenn du uns den Weg zeigst.

Shi marschiert mit entschlossenem Schritt.

- Ist gut! Am Ende werdet ihr einfach nur begeistert sein.

Zuerst zeigen Schilder die Richtung an.

- Zur Waldbühne.

Nach wenigen Metern verlieren sich die Wegweiser im Wald.

Jupp lässt die Arme baumeln.

- Ich dachte schon, weiter würde es nicht mehr gehen.

Shi räkelt sich wie eine Raubkatze.

- Der Ausflug in die Wildnis ist ein rechtes Abenteuer.

Im Schatten eines mächtigen Baumes erhebt sich die Waldbühne.

Cindy steigt auf die Rampe.

- Gleich entscheidet sich, ob unser Traum Wirklichkeit wird.

Jupp folgt ihr.

- Die Idee jagt mir heiße und kalte Schauer über den Rücken.

Shi dreht sich nach Huch um.

- Möchtest du mein Lover sein?

Ein Mann hüpft durch den Wald.

- Hallo, ich bin Wilbur Quinn.

Er trägt einen Leinenanzug.

- Ich finde die Idee prickelnd, auf der Bühne zu stehen.

Shi geht die Treppe hinauf.

- Durchaus! Man kann unheimlich viel erleben.

Quinn klettert auf die Rampe.

- Vielleicht kommt meine Vorliebe ja daher, dass ich gern eine Rolle spiele.

Cindy lässt den Blick mit weit offenen Augen schweifen.

- Ich nutze die Gelegenheit, um mich ein bisschen im Wald umzuschauen.

Jupp verzieht das Gesicht zu einem Lächeln.

- So etwas geht mir auch durch den Kopf.

Shi ruft Huch mit heller Stimme zu.

- Ich lade dich ein!

Er drückt sein Rückgrat durch.

- Wie soll ich auf die Bühne kommen?

Sie kräuselt die Oberlippe nach oben.

- Es gibt verschiedene Wege.

Huch stemmt sich hoch.

- Die Treppe wäre vielleicht einen Tick einfacher, aber ich versuche es einmal so.

Quinn spricht in aufmunterndem Ton.

- Am wichtigsten ist, dass wir alle auf der Bühne sind.

Cindy deutet ein Kopfnicken an.

- Sie ist ein beliebter Treffpunkt.

Jupp bewegt sich tänzerisch.

- Alle können mitmachen.

Shi berührt Huch mit der Fingerspitze am Ohrläppchen.

- Jetzt müssen wir nur noch zu einem Ball kommen.

Eine Frau läuft barfuß übers Moos.

- Hallo, ich bin Uljana Fiedler.

Sie trägt ein Plisseekleid und rollt einen goldgelben Riesenball.

- Wurde dein Wunsch erfüllt?

Shi springt von der Bühne.

- Und wie! Ich habe ein Leben lang auf diesen Ball gewartet.

Cindy hüpft die Stufen hinunter.

- Gib ihn schnell weiter!

Jupp tanzt fast schwerelos von der Bühne.

- Nicht alle Bälle sind gelb!

Quinn rutscht von der Rampe.

- Besonders cool ist auch die Größe.

Uljana steht wie ein Reiher auf einem Bein.

- Was macht euch Spaß?

Cindy schleudert die Arme nach vorn.

- Wir möchten den Ball gemeinsam bewegen.

Jupp stupst ihn an.

- Wir dürfen ihn nicht zu heftig anstoßen.

Shi wischt sich eine Haarsträhne aus der Stirn.

- Sonst rollt er uns davon.

Quinn nimmt den rechten, dann den linken Arm hoch.

- Es braucht viel Feingefühl.

Uljana läuft hinter dem Riesenball her.

- Nötig ist vor allem ein gutes Zusammenspiel.

Cindy rennt.

- Unser Teamgefühl ist nahezu perfekt.

Jupp gerät in einen federnd tänzelnden Gang.

- Wir haben ein gutes Gespür.

Shi rudert mit den Ellbogen.

- Wir können viel Neues lernen und entdecken.

Quinn dreht eine Pirouette.

- Da sind wir schon mittendrin.

Uljana schlägt die Hände über dem Kopf zusammen.

- So fühlt sich das Glück an.

Ein Mann lässt die Schritte langsamer werden.

- Hallo, ich bin Marco Art.

Er trägt ein Barett.

- In meinen Augen hat der Ball genau die richtige Größe.

Cindys Augen leuchten.

- Deine Meinung interessiert uns.

Jupp sprintet im Kreis um ihn herum.

- Spiel mit! Ohne dich geht gar nichts.

Shi dreht sich Art zu.

- Zum Glück eilst du uns zu Hilfe.

Uljana schubst den Ball.

- Das ist unser Lieblingssport.

Art läuft neben ihr.

- Wenn man einmal angefangen hat, kann man gar nicht mehr aufhören.

Ihre Stimmen verhallen im Wald.

Huch hört nichts außer den leisen rauschenden Wind und ein paar versprengte Singvögel.

Eine Frau stellt sich vor die Rampe.

- Hallo, ich bin Rima Pankow.

Sie trägt ein Raglankleid.

- Empfindest du keinen Stress auf der Bühne?

Huch versichert lachend.

- Nein, ich fühle mich munter und ausgeruht.

Rima fährt sich mit der Hand durchs Haar.

- Darf ich dich für eine ungewöhnliche Reise einladen?

Ein Mann nähert sich in trippelnden Tanzschritten.

- Hallo, ich bin Amir Zill.

Er trägt eine Clownsnase.

- Das Wetter ist ideal für einen Ausflug.

Sie schenkt ihm einen dankbaren Blick.

- Bist du bereit?

Seine Finger tippen in der Luft herum.

- Freiheraus gesagt: Ich kann es kaum erwarten.

Rima wirft Huch ein Lächeln zu.

- Du solltest unbedingt dabei sein.

Huch steigt von der Bühne.

- Das habe ich vor.

Popp kriecht aus dem Ei

Wildnis umgibt den Fluss.
Huch lehnt gegen einen Baumstamm.
Der Wind spielt in den Ufergräsern.
Eine Frau schreitet langsam.

- Hallo, ich bin Kasami Varela.

Sie trägt einen Glockenrock.
- Hast du eine Idee, wie ich mich anziehen soll?
Ein Mann tigert unruhig.

- Hallo, ich bin Norbert Gad.

Er trägt Flügel am Rücken.
- Grün passt zu dir.
Kasami spannt die Lippen an.
- Mit Worten allein ist nicht geholfen.
Eine Frau nähert sich auf Zehenspitzen.

- Hallo, ich bin Odette Lalali.

Sie trägt ein Schlangenkleid.
- Ich habe einen Kleiderschrank gesehen.
Kasami fächert die Finger weit aus.
- Brauchst du etwas Neues zum Anziehen?

Odette winkelt einen Arm in Taillenhöhe an.

- Nein, nicht unbedingt! Aber mit euch zusammen am Fluss spazieren und immer weiter gehen, bis wir vor dem Schrank stehen, das würde mir gefallen.

Gad wirft ein Bein hoch.

- Da es ein schöner Tag ist, machen wir gern einen Spaziergang.

Der Weg verläuft unter hohen Bäumen am Wasser entlang.

Kasami sieht Odette fröhlich an.

- Dein Kleid ist sehr hübsch.

Sie schwingt das Bein nach vorn.

- Danke! Ich mag es, Schlangenkleider zu tragen.

Der Schrank steht in einem Erlenhain. Seine Türen sind mit Stoff bespannt.

Ein Mann kühlt im flachen Uferwasser die Füße.

- Hallo, ich bin Terry Eil.

Er trägt einen Panamahut.

- Im Fluss bin ich glücklich.

Kasami richtet den Blick auf ihn.

- Man sieht es dir an.

Gad hebt die Augenbrauen zum Gruß.

- Möchtest du meine Flügel tragen?

Eil kommt aus dem Wasser.

- Ja! Ich würde sie gern anprobieren.

Odettes Oberlippe bebt fast unmerklich.

- Sie regen zum Träumen an.

Kasami senkt den Blick.

- Sie geben dir einen Rückhalt, den du auf der ganzen Welt vergeblich suchst.

Gad reicht ihm die Flügel.

- Lege sie an und lehne zurück! Ansonsten geht es hier um das süße Nichtstun.

Odette lässt den Blick schweifen.

- Und das ist das eigentliche Spektakel.

Eil schnallt sich die Flügel an.

- Genau! Hier unten am Fluss kann man das stilvolle Runterkommen üben.

Kasami gibt Gad die Hand.

- Ohne Flügel siehst du nackt aus.

Er lässt sich zum Schrank führen.

- Ich bin kein Experte für Kleider.

Odette öffnet die mit Stoff bespannten Türen.

- Wozu hast du uns?

Eil schwingt wie ein Schmetterling mit den Flügeln.

- Wir beraten dich gern.

Kasami nimmt ein Jackett aus dem Schrank.

- Was sagst du dazu?

Gad legt es an.

- Ich will es mal probieren.

Odette wischt mit der Hand über seinen Rücken.

- Der feine Stoff schmiegt sich angenehm an den Körper.

Eil legt die Hände mit den Innenseiten aufeinander.

- Und der Schnitt sorgt für eine gewisse Sportlichkeit.

Kasami fragt Huch augenzwinkernd.

- Möchtest du dich luftiger kleiden?

Eine Frau kommt mit großen Schritten.

- Hallo, ich bin Magdalena Yücel.

Sie trägt ein Tenniskleid.

- Habt ihr Lust, ein riesiges Ei anzuschauen?

Gad hebt den Kopf leicht an.

- Was meint ihr?

Odette reckt das Kinn energisch.

- Das dürfen wir uns nicht entgehen lassen.

Eil sagt mit leuchtenden Augen.

- Was gäbe es Schöneres!

Magdalena schaut aufmunternd.

- Dann folgt mir!

Der Weg schlängelt sich dem Fluss entlang.

Kasami breitet die Arme aus.

- Wir müssen ständig in Bewegung bleiben, um ausgeglichen zu sein.

Gad setzt eine heitere Miene auf.

- Für mich ist das so selbstverständlich wie das Ein- und Ausatmen.

Das riesige Ei liegt im Schilf.

Odette scheut mit dem Kopf zurück.

- So groß habe ich es mir nicht vorgestellt.

Eil biegt die Finger nacheinander ein.

- Es übertrifft die Erwartungen.

Magdalena legt das Ohr an die Schale.

- Man spürt, hier tut sich mächtig was.

Ein Riss durchzieht das Ei.

Kasami schiebt die Zunge zwischen die Lippen.

- Das finde ich sehr spannend.

Gad kratzt sich am Nacken.

- Für uns wäre es das größte Wunder, wenn etwas ausschlüpfen würde.

Die Schale springt auf.

Ein Mann kriecht aus dem Ei.

- Hallo, ich bin Domenico Popp.

Er trägt ein Kapuzenshirt mit überlangen Ärmeln, welche die Hand bis über die Fingerspitzen bedecken.

- Es ging leichter, als ich dachte.

Odette schenkt ihm einen aufmunternden Blick.

- Du bist besonders.

Eil heftet die Augen auf ihn.

- Wir bewundern dich.

Magdalena wirft die Haare zurück.

- Wie fühlst du dich?

Ein Lächeln fliegt über Popps Gesicht.

- Gut! Am liebsten würde ich mich eurem Team anschließen.

Kasami hält die umgedrehte Hand schalenförmig hoch.

- Du gehörst zu uns.

Gad hebt die Pupillen zu den Augenlidern.

- So viel ist sicher.

Odette spitzt kurz die Lippen.

- Ohne dich geht gar nichts.

Popp flattert mit den Ärmeln.

- Wie wundervoll ist es, auszuschlüpfen und zu erleben, dass man willkommen ist!

Eil strahlt über das ganze Gesicht.

- Du bist uns wichtig.

Magdalena hebt die Arme über den Kopf.

- Bei uns können alle eine gute Zeit haben.

Popp blickt in die Runde.

- Ihr verdient großen Dank.

Kasami legt die rechte Hand aufs Herz, verbeugt sich leicht.

- Ich finde, du bist ein echt netter Mann.

Eine Frau erscheint.

- Hallo, ich bin Alwina Behrens.

Sie trägt ein Zebrakleid.

- Ich denke ans Heiraten.

Gad legt den Kopf in den Nacken.

- Das ist wahrscheinlich das schönste, was du im Leben tun kannst.

Odette schiebt die Brauen in die Stirn.

- Wer hält um deine Hand an?

Alwinas Lippen kräuseln sich an den Rändern.

- Bis jetzt noch niemand.

Eil reibt sich den Hals.

- Wir geben dir gern einen Tipp.

Magdalena weist auf Popp.

- Domenico ist frisch aus dem Ei geschlüpft.

Alwina fragt ihn.

- Was wäre, wenn alle deine Jacke wollten?

Popp hüpft auf einem Bein.

- Nun ja, wenn mich jemand überredet, würde ich sie verschenken.

Ein Mann tippelt auf dem Uferweg.

- Hallo, ich bin Umit Schramm.

Er trägt eine Mütze.

- Ich hätte gern etwas Langärmliges.

Popp hebt leicht die Nase.

- Fühlst du dich von meiner Kapuzenjacke angesprochen?

Schramm trampelt vor Begeisterung mit den Füßen.

- Sehr sogar! Sie ist ebenso einfach wie beeindruckend.

Popp streift sie ab.

- Sie ist mir zwar ans Herz gewachsen, aber manchmal muss man einfach die Kleider wechseln.

Schramm schlüpft in die Kapuzenjacke.

- Danke vielmals! Der Austausch ist eine Quelle fürs Wir-Gefühl.

Kasami schließt halb die Augen.

- Alle träumen von einer Kapuzenjacke.

Gad kreuzt die Arme über der Brust.

- Die langen Ärmel grenzen an ein Wunder.

Das Strichmännchen auf dem Spiegel

Ein leichter Wind wirbelt über den See.
Huch lässt die Arme baumeln.
Die Wellen glitzern.
Eine Frau bewegt sich in Trippelschritten.

- Hallo, ich bin Colette Quente.

Sie trägt einen Badeanzug.
- Worauf könnte ich jetzt achten?
Ein Mann flitzt herbei.

- Hallo, ich bin Raimund Hahn.

Er trägt einen Papierhut und bringt einen knallroten Lip-
penstift.
- Ich gebe dir brauchbare Tipps.
Colette öffnet die Lippen zu einem strahlenden Lächeln.
- Der Stift ist anregend.
Hahn reckt den Kopf nach vorn.
- Das sehe ich auch so.
Sie dehnt und reckt sich.
- Nun vermisse ich nichts so sehr wie einen Spiegel.
Eine Frau schreitet über den Strand.

- Hallo, ich bin Zenia Illnau.

127

Sie trägt ein Crêpe-Kleid und bringt einen Spiegel.

- Ich würde euch gern helfen.

Colette legt die Hände zusammen.

- Danke! Ich will ein Strichmännchen.

Hahn spricht mit kräftiger Stimme.

- Das werden wir schon irgendwie schaffen.

Zenia gibt Huch den Spiegel.

- Es kann also kein Fehler sein, wenn du ihn nimmst.

Huch antwortet gutgelaunt.

- Das lässt sich sicherlich machen.

Colette neigt den Kopf.

- Wir sind sehr stolz auf dich.

Hahn reicht ihm den Lippenstift.

- Ich wette, du kriegst es hin.

Zenia stellt die Hüfte schräg aus.

- Wenn du Fragen hast, zögere nicht, sie zu stellen.

Huch malt ein Strichmännchen auf den Spiegel.

- Ich komme gut zurecht.

Colette guckt fröhlich.

- Mir gefällt es!

Hahn bekommt den Lippenstift zurück.

- Mich faszinieren die Striche und die Kreise.

Zenia ergreift den Spiegel.

- Ich bin begeistert.

Ein Wal fliegt über den See.

Colette reißt die Arme hoch.

- Ich habe den Wunsch, einmal im Wal zu fliegen.

Hahn schaut sinnierend.

- Wenn wir Glück haben, landet er am Ufer.

Zenia berührt Huchs Hand.

- Möchtest du auch einmal das Gefühl der Leichtigkeit genießen?

Er senkt die Augen.

- Das lasse ich mir durch den Kopf gehen.

Beim Anflug zieht der Wal eine weite Schleife.

Colette legt das Gewicht auf den rechten Fuß.

- Keinen Wal gibt es 2 Mal.

Hahn spreizt die Beine.

- Er ist einmalig.

Zenia bewegt sich aus der Hüfte heraus.

- Wenn es ihn nicht gäbe, müssten wir ihn erfinden.

Der Wal landet am Strand, öffnet das Maul.

Ein Mann steigt aus.

- Hallo, ich bin Fabio Weft.

Er trägt ein Rattenkostüm.

- Vielleicht findet ihr das Fliegen sehr verlockend, aber wisst nicht, wie anstellen.

Colette schaut ihn vergnügt an.

- Nun, der Wal bietet viel Platz. Wir könnten dich fragen.

Weft balanciert auf den Fußballen.

- Ja dann, steigt ein! Gemeinsam fliegt man besser als allein.

Hahn sieht ihn groß an.

- Sind wir passend gekleidet für den Flug?

Weft lächelt mit halboffenen Augen.

- Ihr habt Stil. Ein riesen Kompliment an euch!

Eine Frau beschleunigt ihren Gang.

- Hallo, ich bin Taki Edberg.

Sie trägt ein Duchessekleid, nimmt Huch beiseite.
- Darf ich dich kurz sprechen?
Colette ruft ihm mit beschwichtigendem Lächeln zu.
- Sag einfach ja und empfinde keinen Stress!
Hahn blickt heiter drein.
- Lass dich darauf ein!
Zenia betritt das Maul des Wals.
- Für mich ist das Fliegen etwas ganz Neues.
Colette geht über die riesige Zunge.
- Im Innern scheint es viel Raum zu haben.
Hahn schließt sich an.
- Das hätte ich mir in den wildesten Träumen nicht ausmalen können.
Weft ruft.
- Wir erwarten euch auf dem Rückflug!
Ein Schmunzeln gräbt sich in Takis Wangen.
- Danke! Das ist nett von dir.
Der Wal schließt das Maul, hebt ab.
Sie schmiegt sich an Huch.
- Jetzt sehen wir den Start aus nächster Nähe. Was für ein Glück!
Kuppelgleich wölbt sich der helle Himmel. Der Wal steigt auf, kreist.
Taki blickt ihm nach.
- Wie klein er auf einmal wirkt!
Er verschwindet im tiefen Blau.
Sie berührt Huchs Oberarm mit dem Fingernagel.
- Ich versuche mir vorzustellen, wie es wäre, wenn wir eine

Stoffbahn hätten.

Ein Mann quert den Strand.

                            - Hallo, ich bin Uriah Behr.

Er trägt ein Safarihemd und bringt einen Stoffballen.

- Was macht ihr?

Taki erwidert seinen Blick.

- Wenn du danach fragst: Wir hätten gern deinen Stoff.

Behr steht leicht nach vorne gebeugt.

- Das klingt aufregend.

Er bietet Huch den Ballen an.

- Möchtest du ihn tragen?

Eine Frau läuft Zickzack.

                            - Hallo, ich bin Valeriana Yaman.

Sie trägt ein Eistanzkleid.

- Dieser Stoff ist sehr hübsch.

Taki drückt ihre Hand.

- Du hast ein schönes Lächeln.

Behr leckt sich über die Lippen.

- Möchtest du darüber reden? Was vergnügt dich?

Valeriana streckt die Arme aus.

- Dieser Stoff passt perfekt zu meinem Kleid.

Er schenkt ihr den Ballen.

- Ist das so?

Taki hebt mit durchgedrücktem Rücken den Kopf.

- Möchtet ihr meine Meinung hören?

Valeriana wölbt die Lippen nach vorn.

- Unbedingt! Wir wollen uns austauschen und kennenlernen.

Taki spreizt das Bein tänzerisch ab.

- Der Stoff steht dir ausgezeichnet.

Ein Mann eilt im tänzelnden Laufschritt herbei.

- Hallo, ich bin Damien Lanz.

Er trägt einen Tagesanzug.

- Würdet ihr mir einen Gefallen tun?

Behr strahlt und neigt den Kopf zur Seite.

- Das versteht sich von selber.

Valeriana guckt ihn an.

- Wie können wir helfen?

Lanz dreht sich sanft, nimmt Tempo auf und zieht schließlich immer schnellere Pirouetten.

- Ich würde gern die Bäume ansehen. Kommt ihr mit?

Taki wirft das Haar mit beiden Händen hinter ihre Schultern.

- Sofort! Das könnten wir als Ziel des Ausflugs wählen.

Behr strahlt über das ganze Gesicht.

- Wer richtig entspannen will, geht zu den Bäumen.

Ein sandiger Pfad führt zum Wald, wo 2 riesige Eichen nah beieinanderstehen.

Valeriana legt den Ballen auf die mächtige Wurzel.

- Ich bin immer wieder aufs Neue fasziniert.

Lanz fragt Huch.

- Hast du eine Idee, was wir mit der Stoffbahn machen?

Huch lehnt an einen Stamm.

- Wir könnten sie zu einem Dach zwischen die Bäume

spannen.

Taki schnappt nach Luft.

- Das wird umwerfend aussehen!

Eine Frau trudelt ein.

- Hallo, ich bin Mareike Klöckner.

Sie trägt ein Fransenkleid und bringt eine Leiter.

- Ich glaube, dass ihr Hilfe benötigt.

Behr hilft ihr beim Anstellen.

- Wir sind sehr froh, dich zu treffen.

Valeriana steigt hinauf.

- Wir mögen deine Leiter.

Lanz reicht ihr den Anfang der Stoffbahn.

- Macht es dir etwas aus, wenn ich dir zur Hand gehe?

Sie schlingt einen Knoten um den Ast.

- Im Gegenteil! Ohne deine Hilfe würde ich es kaum schaffen.

Mareike winkt Huch zu sich heran.

- Irgendwann will ich mit dir unter dem Dach stehen.

Probeflug auf einer Wolke

Das Reich der Bäume, Büsche, Farne und Flechten erstreckt sich bis zum Horizont.
Über den federnden Waldboden wandert Huch, als ginge er auf Wolken.
Im Laub raschelt eine Maus.
Eine Frau begegnet ihm.

- Hallo, ich bin Aneta Gopal.

Sie ist ganz in Weiß gekleidet.
- Wir könnten ein Stück des Weges gemeinsam gehen.
Ein Mann streift durchs Gestrüpp.

- Hallo, ich bin Stanislaw Paff.

Er trägt eine Baseballkappe.
- Das ist die beste Art, der Natur nahe zu kommen.
Aneta deutet mit erhobenem Zeigefinger in die Wipfel.
- Der Wald entfaltet sofort eine positive Wirkung.
Paff richtet seine Haare.
- Das ist der Ort, wo Träume wachsen und gedeihen.
Eine Frau tanzt auf dem Weg.

- Hallo, ich bin Nadia Ohnesorge.

Sie trägt Hotpants.

- Die uralten Bäume sprechen mit uns.

Aneta hält sich die Hände wie Hasenohren an die Schläfen.

- Und was sagen sie?

Nadia lässt die Hand sinken.

- Im Bett kann man entspannen.

Paff blickt mit leichtem Augenaufschlag ins Blätterdach.

- Bäume haben ein Gefühl für Menschen.

Aneta stützt sich an einem Stamm ab und beugt den Oberkörper vor.

- Das ist unstrittig.

Ein Mann bewegt sich geschmeidig und gelenkig.

- Hallo, ich bin Laurent Mang.

Er trägt Clownschuhe.

- Das Bett ist schon vorbereitet. Es ist riesig.

Paff reckt die Arme.

- Dort könnten wir komplett zur Ruhe kommen.

Nadia berührt Huchs Schulter.

- Ja dann gönnen wir uns eine Pause!

Mang schenkt ihr ein einladendes Lächeln.

- Ganz genau! Wir machen eine kleine Reise in die Stille der Natur.

Ein moosiger Pfad führt durchs Unterholz.

Aneta wirkt sehr zufrieden.

- Hier fühlen wir uns richtig wohl.

Paff nimmt seine Baseballkappe ab.

- Wir bekommen den Kopf frei.

Über dem riesigen Bett wacht eine Schildkröte. Sie ist aus Holz geschnitzt.

Nadia streckt sich behaglich aus.

- Schon lange wollte ich neue Kraft tanken.

Mang legt sich neben sie.

- Lehne entspannt zurück, atme tief, erhole dich!

Aneta lässt sich nieder.

- Wir haben mehr Platz, als wir je zu träumen wagten.

Paff verschränkt die Arme unter dem Kopf.

- Natürlich zählt für mich vor allem, dass die Matratze weich ist.

Eine Frau macht ganz vorsichtig einen Schritt.

- Hallo, ich bin Wega Ifo.

Sie trägt eine bestickte Samtjacke.

- Ihr wandert gern, ja? Eventuell zu einem Schild?

Aneta schiebt das rechte angewinkelte Bein über das linke.

- Eigentlich schon, aber im Moment ist das Relaxen viel wichtiger.

Paff bewegt beim Sprechen kaum die Lippen.

- Es macht rundum zufrieden.

Nadias Stimme klingt verträumt.

- Schlafen steht bei uns ganz oben auf der Liste.

Mang schenkt Wega einen Blick aus den Augenwinkeln.

- Das Bett lädt auch dich zum Ausruhen ein.

Sie winkelt die Arme an.

- Danke! Aber ein selbstgemaltes Schild mit einer Aufschrift ist genauso vielversprechend.

Aneta klappert mit den Lidern.

- Das klingt verlockend.

Paffs Augen verengen sich zu Schlitzen.

- Geht voraus! Wir kommen nach.

Wega lässt die Hand über Huchs Arm gleiten.

- Hast du gehört, was sie empfehlen? Wir 2 könnten vorausgehen.

Ein Lächeln umspielt seine Lippen.

- Diese Empfehlung lässt sich unglaublich leicht realisieren.

Der Weg schlängelt sich immer weiter durch den Wald.

Wega breitet die Hände auf Bauchhöhe aus.

- Ich kann es kaum erwarten, das Schild zu sehen.

Huch zieht die Schultern hoch.

- Die Frage ist nur, ob wir es finden.

Bei einem Anstieg hält sie inne.

- Das Schild hängt am Felsen.

Huch liest die Aufschrift.

- Weiter oben ist die Aussicht einfach nicht überbietbar.

Wega schwebt einen Tick über dem Boden.

- Was will man mehr!

Huch klettert auf eine flache Steinplatte.

- Wir können es ruhig nehmen.

Sie kraxelt den Felsen hinauf.

- Wir kommen gut voran.

Ein Lächeln fliegt über sein Gesicht.

- Wandern kann ein beeindruckendes Erlebnis sein.

Der Aussichtspunkt gewährt einen weiten Blick ins Tal.

Wega ergreift Huchs Arm.

- Das werde ich nie vergessen, wie ich mit dir auf den Berg

stieg.

Huch zieht die Augenbrauen hoch.

- Manchmal meditiert man gern übers zukünftige Leben.

Eine watteweiße Wolke schiebt sich heran.

Darauf steht ein Mann.

> - Hallo, ich bin Hubert Cup.

Er trägt einen Frack.

- Könnt ihr euch vorstellen zu schweben?

Wega spricht, als hätten ihre Silben jeden Bodenkontakt verloren.

- Und wie! Das sieht gut aus.

Cup wirbt.

- Macht einen Schritt! Auf meiner Wolke hat es noch viel Platz.

Eine Frau kommt gemessenen Schrittes zum Aussichtspunkt.

> - Hallo, ich bin Elmira Kirchheimer.

Sie trägt ein goldenes Kleid und bringt einen Gitarrenkoffer.

- Würdet ihr so freundlich sein und mir den Koffer öffnen?

Wega springt auf die Wolke.

- Aber sicher! Ich bin bereit es zu tun, allerdings nur hier!

Cup streckt die Arme aus.

- Auf dem Flug könnt ihr absolut alles machen. Darauf sind wir stolz.

Elmira nimmt Huchs Hand.

- Tust du mir einen Gefallen?

Huch dreht den Oberkörper.

- Worum geht es?

Sie legt den Koffer ab.

- Ein Verschluss klemmt.

Ein Mann stürmt auf den Aussichtspunkt.

                                    - Hallo, ich bin Quais Fox.

Er trägt eine Galauniform.

- Koffer öffnen ist für mich pure Leidenschaft.

Wega lehnt sich zurück.

- Möchtet ihr mitfliegen?

Cup stützt das Kinn in die Hand.

- Oder zuerst den Verschluss betrachten?

Elmira legt den Unterarm über die Stirn.

- Wisst ihr was? Macht einmal einen Probeflug!

Fox beugt sich.

- In der Zwischenzeit kümmern wir uns um den Koffer.

Wegas Augen gleiten über ihn hinweg, bis sie an seinem Gesicht hängen bleiben.

- Das ist ein sehr guter Vorschlag.

Cup lässt die Wolke aufsteigen.

- Ich möchte nur noch Danke sagen, dass ihr uns ziehen lässt.

Elmira blickt ihnen nach.

- Das dürfte ein ziemlich cooles Gefühl sein.

Fox späht, bis er sie aus den Augen verliert.

- Wenn du anfängst, dich für Wolken zu interessieren, machst du eine wichtige Entdeckung: Jede Wolke ist anders und verändert sich ständig.

Sie streicht Huch sanft über die Schulter.

- Und wie lange kannst du in der Luft stehen?

Er springt hoch, breitet die Arme aus.

- Höchstens einen Wimpernschlag lang.

Elmira lehnt sich mit angewinkeltem Bein gegen ihn.

- Welcher Gedanke geht dir dabei durch den Kopf?

Fox klappt den Verschluss auf.

- Ich möchte ja nicht stören, aber es gibt etwas Unge-
wöhnliches zu bestaunen.

Sie jappt nach Luft.

- Das hast du im Handumdrehen gezaubert!

Er öffnet den Gitarrenkoffer.

- Manchmal sind es die kleinen Dinge, welche die größte
Freude mit sich bringen.

Elmira hält sich die Hand vor den Mund.

- Das verdanken wir dir.

Fox verbeugt sich.

- Gern geschehen!

Sein Blick schweift zu Huch.

- Wie wäre es, wenn du einen Song spielen würdest?

Elmira reicht ihm die Gitarre.

- Diese Gelegenheit bekommen nicht alle.

Huch nimmt sie in die Hand.

- Aus welchem Holz besteht sie?

Fox fährt mit den Fingerspitzen über die Lippen.

- Es könnte Fichtenholz sein.

Elmira lehnt mit der Brust gegen Huchs Arm.

- Ich spüre schon die geballte Energie der Musik.

Huch setzt sich auf einen Stein.

- Ein einziger Ton kann die Welt verändern.

Der Schubs in den Jungbrunnen

Inmitten des Waldes ergießt sich der Wasserfall aus gro-
ßer Höhe in ein kleines Becken.
Huch steht staunend unter dem Felsen.
Das Rauschen legt sich über alle anderen Geräusche.
Eine Frau kommt vorbei.

- Hallo, ich bin Victoria Urbanek.

Sie trägt ein Korsagen-Kleid.
- In der Natur fühlt man sich freier.
Huch schaut unter seinem Hut hervor.
- Wer möchte das nicht!
Victoria atmet tief ein.
- Es ist Zeit zu relaxen.
Ein Mann schlendert gelassen.

- Hallo, ich bin Zorro Bartz.

Er trägt ein Hawaiihemd.
- Man muss immer versuchen, sich vom Stress zu erholen.
Victoria legt den Kopf leicht zur Seite.
- Das stimmt! Aber wie entspannen wir uns am besten?
Bartz schaut sinnend in die Ferne.
- Wir brauchen einen Tipp.
Eine Frau balanciert auf Steinen über den Bach.

- Hallo, ich bin Ronja Demski.

Sie trägt ein Madraskleid.

- Ich habe gelernt, Stress abzubauen.

Victoria rundet den Rücken.

- Wie machst du das?

Ronja balanciert auf einem Baumstamm.

- Es hat ein Schild im Wald. Wollt ihr es sehen?

Victoria schiebt Huch mit der Hand am Rücken an.

- Möglichst schnell! Wir fühlen uns angesprochen.

Er schaut sich um.

- Vielleicht hat es jemand extra für uns aufgestellt.

Bartz winkt mit einem Taschentuch.

- Es wird uns bestimmt gefallen.

Ronja steuert zielstrebig unter dem grünen Blätterdach durch.

- In dem Fall gehen wir los.

Victoria pustet sich eine Haarsträhne aus dem Gesicht.

- Wir spazieren gern zusammen.

Bartz betritt den Waldweg.

- Mit euch zu sein, macht mich glücklich.

Ronja deutet auf ein werbetafelhohes Schild mit Holzdach.

- Lest selber! Das stimmt hoffnungsfroh.

Victoria betrachtet die farbigen Buchstaben.

- Zum Jungbrunnen. Ein Bad wirkt Wunder.

Bartz geht in eine tiefe Hocke.

- Das scheint eine simple Möglichkeit zu sein, wie wir uns entspannen können.

Ronja streckt ein paar Finger der rechten herabhängenden Hand.

- Wünscht ihr das?

Victoria lässt weich das Becken kreisen.

- Natürlich! Alle möchten jung sein.

Bartz schlägt ein Rad.

- Zugegeben, dieser Wunsch mag absonderlich erscheinen.

Ronja nimmt Huch an der Hand und führt ihn zu einem Springbrunnen.

- Aber warum sollte er nicht erfüllt werden?

In der Mitte des riesigen runden Beckens schießt ein Strahl in die Höhe.

Victoria zieht das Korsagen-Kleid aus.

- Du hast uns den Brunnen gezeigt.

Bartz schlüpft aus dem Hawaiihemd.

- Wir haben dir enorm viel zu verdanken.

Ronja streift das Madraskleid ab.

- Bei allen, die ins Becken tauchen, wachen unwillkürlich gute Gefühle auf.

Das Wasser plätschert.

Sie gleitet mit der Hand über Huchs Oberarm.

- Rasend schnell zieht das Leben an dir vorbei, wenn du dich nicht immer wieder neu erfindest.

Ein Mann läuft durch den Wald.

- Hallo, ich bin Yaris Tenn.

Er trägt Joggingschuhe.

- Ich verstehe, was du meinst.

Victoria drängt ihn, sich zu setzen.

- Wann möchtest du mich persönlich kennenlernen?

145

Tenn entledigt sich seiner Schuhe.

- Wie meinst du das? Ehrlich, persönlich, vertraut?

Sie schubst ihn ins Wasser.

- Alles zusammen und noch viel mehr.

Bartz hüpft hinterher.

- Es ist eine Oase zum Entspannen.

Ronja springt ins Becken.

- Am besten tauchst du ein, ohne dir etwas dabei zu denken.

Tenn schwimmt auf dem Rücken.

- Ich liebe alle Töne und Klänge des Wassers.

Victoria rutscht vom Beckenrand, ruft Huch zu.

- Du darfst auch gern erst ein Weilchen nachdenken.

Er geht einen Schritt zurück.

- Danke! Nachzudenken ist das tollste Abenteuer.

Eine Frau pustet ihm sacht in den Nacken.

- Hallo, ich bin Magda Ahrens.

Sie trägt einen Minirock und gibt Huch einen Zettel.

- Es wäre schön, wenn du ihn lesen würdest.

Bartz dreht sich mit Schwung im Jungbrunnen um die eigene Achse.

- Wer Lesen toll findet, liegt immer richtig.

Ronja guckt aus dem Becken.

- Ich finde Zettel inspirierend.

Tenn feuert Huch an.

- Vielleicht steht etwas darauf, das dir Spaß macht.

Magda klatscht mit kindlicher Begeisterung in die Hände.

- Ich bin froh, dass dich dein Team ermuntert.

Huch faltet den Zettel auseinander und liest.

- Du bist ein Glückspilz.

Er atmet tief durch.

- Ich? Wieso?

Sie lehnt sich an seine Schulter.

- Du darfst mich begleiten.

Victoria streckt den Fuß aus dem Wasser.

- Was könnten wir dazu sagen?

Bartz reckt seinen Arm nach oben.

- Nutze die Gunst der Stunde!

Ronja guckt Tenn an.

- Wie schätzt du das ein?

Er hält sich am Beckenrand und strampelt mit den Beinen.

- Das ist ein Zettel, der dein Leben vollkommen verändert.

Magda umarmt Huch begeistert.

- Alle durften sich äußern. Und eines wird klar: Dein Team findet den Zettel cool.

Huch zieht die Schultern hoch.

- Das ist ja kaum zu fassen.

Sie macht sich auf den Weg.

- Ja dann brechen wir auf!

Er verharrt.

- Wollen wir nicht aufs Team warten?

Victoria winkt zum Abschied.

- Es gibt hier nur einen Glückspilz.

Bartz deutet auf ihn.

- Das bist du!

Ronja jongliert mit unsichtbaren Bällen.

- Und herrlich einfach ist es dazu, zu zweit unterwegs zu sein.

Tenn rudert mit den Armen.

- Fast muss man von einem Glücksfall reden.

Magda hängt sich bei Huch ein.

- Im Wald lässt sich wunderbar spazieren.

Huch hält Schritt.

- Wir hören die Wipfel rauschen und fühlen uns geborgen.

Ein Mann streift durch den Wald.

- Hallo, ich bin Quincy Prahl.

Er trägt ein Kaminfeger-Kostüm.

- Wollen wir ein Team formieren?

Magda zieht die Augenbrauen hoch.

- Warum nicht?

Prahl fragt in ruhigem Ton.

- Was könnten wir sagen, um neue Mitglieder zu gewinnen?

Magda teilt ihm fröhlich mit.

- Teamwork wird bei uns großgeschrieben.

Er senkt die Lider.

- Zusammen bringen wir sicher viel zustande.

Eine Frau klopft Huch von hinten auf die Schulter.

- Hallo, ich bin Silvana Ferreira.

Sie trägt einen Morgenmantel.

- Darf ich euch eine riesige Föhre zeigen?

Magda hebt nur kurz den Finger in die Höhe und lässt ihn wieder sinken.

- Danke für das Angebot! Was könnte unsere persönliche

Meinung sein?

Prahl beugt den Kopf zu Silvana.

- Ein Blick lohnt sich allenthalben, wenn du uns sicher hin-
führst.

Sie streift die Haare zurück.

- Ihr könnt euch auf mich verlassen.

Der Weg schlängelt sich durch den Wald.

Magda legt den Daumen ans Kinn.

- Warum sind Föhren so beliebt?

Prahl winkelt die Arme an.

- Sie sind ein echter Hingucker.

Silvana sortiert sich eine Haarsträhne hinters Ohr.

- Wir sind am Ziel unserer Träume angelangt.

Die riesige Föhre krallt sich in einen Felsen.

Magda berührt Huchs Handgelenk.

- Was sagst du nun?

Er lenkt den Blick auf den Wipfel.

- Solch eine Föhre sah ich noch nie.

Zebra- und Tigerstreifen

Ein paar Wolkenschleier verhüllen den Berg.
Huch sieht der Sonne beim Reisen über den Himmel zu.
Ins Tal führt ein gewundener Pfad.
Eine Frau streift durch den Hang.

                    - Hallo, ich bin Kiki Caldera.

Sie trägt ein Paisley-Kleid.
- In der Ebene hat es ein Schild.
Huch späht.
- Wo denn?
Kiki schenkt ihm mehrmals hintereinander einen Blick.
- Es ist zwar im Moment nicht zu sehen. Aber wenn wir hin-
untersteigen, können wir es kaum verfehlen.
Ein Mann hopst herbei.

                    - Hallo, ich bin Giovanni Weiß.

Er trägt einen Maßanzug.
- Das Schild macht mich neugierig.
Sie holt mit der Hand aus.
- Ich gehe sowieso dorthin. Es würde mich freuen, wenn
ihr mich begleitet.
Er hebt die Arme.
- Danke! Das ist ein Grund zum Jubeln.

Rechts und links von Sträuchern begrenzt, geht es bergab. Kiki sagt.

- Ihr werdet meine besten Freunde sein.

Weiß schiebt die Hände zusammen.

- Unser Herz schlägt nicht mehr ohne deine Anwesenheit.

Das Schild steht am Wegesrand.

Sie legt den Arm um Huchs Hals und schaut in seine Augen.

- Gefällt dir die Schrift?

Er senkt den Blick.

- Durchaus! Aber ich denke, das Wichtigste ist, das Schild zu lesen.

Weiß liest die Mahnung.

- Überanstrengt euch bloß nicht!

Kiki spielt mit ihrer Halskette.

- Was bedeutet dies eurer Meinung nach?

Er kratzt den Nasenrücken.

- Ich verstehe es so: Man darf alles tun, aber nur, wenn es keine Mühe macht.

Eine Frau wandelt auf dem Weg.

- Hallo, ich bin Olena Inselgrün.

Sie trägt einen Plisseerock.

- Möchtet ihr mit mir auf Entdeckungsreise gehen?

Kiki wispert Weiß ins Ohr.

- Wollen wir die Chance nutzen?

Er lässt die Arme wie Schmetterlinge fliegen.

- Unbedingt! Ich würde nur gern wissen, wohin die Reise geht.

Olena wirft den Mundwinkel auf.

- Zur Festivalbühne!

Kiki wirft einen schnellen Blick in die Runde.

- Ist das etwas für uns?

Weiß berührt mit dem Daumen den Zeigefinger.

- Und ob! Die ganze Zeit halte ich Ausschau nach einer Bühne.

Olenas Hand wippt.

- Sie ist leicht zu erreichen.

Dichte Hecken säumen den Pfad.

Kiki macht ein fragendes Gesicht.

- Was könnten wir über uns sagen?

Weiß bummelt mit schlenkernden Hüften.

- Wir wachsen zusammen.

Olena tauscht mit Huch einen Blick aus.

- Rufst du zur Gründung eines Teams auf?

Er schiebt seinen Hut in den Nacken.

- Haben wir schon all die guten Eigenschaften entwickelt, die zum Team-Sein befähigen?

Kiki berührt seine Achsel.

- Das versteht sich von selbst.

Weiß lacht.

- Sicher! Wir sind mit guter Laune unterwegs.

Die Festivalbühne besteht aus einem Podest, Gerüststangen und Leitern.

Olenas Augen wandern zu Huch.

- Möchtest du ein paar Schritte auf den Brettern machen?

Ein Mann schlägt den Weg zur Bühne ein.

- Hallo, ich bin Horst Ney.

Er trägt eine Schirmmütze.

- Auf die Rampe steigen? Wer macht das nicht gern!

Kiki geht zu einer Leiter.

- Es wirkt belebend.

Weiß klettert auf ein Gerüst.

- Wir sind nie zu alt, um uns Träume zu erfüllen.

Olena hüpft auf der Stelle.

- Wir fühlst du dich auf der Bühne?

Ney hebt lässig die Hand.

- Das Gefühl ist nicht zu übertreffen.

Sie trippelt über die Sprossen.

- Dann komme ich auch.

Kiki wirft Weiß einen Blick zu.

- Wollen wir etwas sagen?

Er läuft aufgeregt über die Bretter.

- Ja: Hallo!

Olena schenkt Ney einen blitzenden Augenaufschlag.

- Kannst du alle Worte aussprechen oder würdest du bei einer Silbe zögern?

Er lehnt zurück.

- Wir könnten auch die Körpersprache nutzen.

Kiki setzt sich an den Rand der Rampe, stützt den Kopf in die Hände.

- Natürlich! Aber noch fehlt etwas, das diesen Augenblick beschreibt, wo wir merken: Hey! Wir sind auf der Bühne.

Weiß lässt den Arm über die ausgestellte Hüfte fallen.

- Ich glaube, wir müssten es so ausdrücken: Das ist einer der Momente, die unser Team stolz machen.

Olena beugt sich zu Huch herab.

- Was ist mit dir?

Ney biegt die Finger ein.

- Willst du dich den Blicken entziehen?

Huch kehrt den Handteller nach oben.

- Nicht wirklich! Ich stehe da unten, ohne mir etwas dabei zu denken.

Kiki lächelt einladend.

- Dann komm herauf!

Weiß leckt über eine Lippe.

- In unserem Team machen alle so viel wie möglich gemeinsam.

Eine Frau schwebt im Trippelschritt zur Bühne.

- Hallo, ich bin Elvira Lammers.

Sie trägt einen Wickelrock und bringt eine Sprayflasche mit einer kleinen Druckpumpe.

- Wollt ihr einen Zebrastreifen sprühen?

Olena haucht Ney ins Ohr.

- Gib du die Antwort!

Er blickt Elvira an.

- Es ist eigentlich nicht weiter verwunderlich, dass du uns anfragst.

Kiki fügt bei.

- Ja, denn wir können nämlich eine Riesenmenge miteinander anfangen.

Weiß tänzelt mit Wippen und Hüpfen über die Bretter.

- Wir würden sogar Tigerstreifen hinkriegen.

Olena bewegt die Arme nach vorne.

- Uns hat jedoch die Bühne magisch angezogen.

Ney genießt den Ausblick.

- Und das kann kein anderer Ort der Welt.

Elwira sagt mit einem Augenzwinkern zu Huch.

- Das hört sich gut an.

Er pflichtet ihr bei.

- Ja. Alle Menschen sollten sich einen Auftritt gönnen.

Kiki blickt nach unten.

- Auf der Bühne zu stehen ist unfassbar schön und wundervoll.

Weiß turnt am Gerüst herum.

- Viele träumen davon.

Olena dehnt die Beine.

- Und dann geschieht es.

Ney streckt die Hände in die Luft.

- Wir spüren die Atmosphäre, das Drumherum.

Elwira berührt Huchs Ellbogen mit der Fingerspitze.

- Ich würde dir gern die Straße zeigen, die auf Streifen wartet.

Ein Zucken umspielt seine Lippen.

- Warum nicht? Wir können immer zu neuen Zielen aufbrechen.

Kiki hebt die Ferse.

- Du bringst es auf den Punkt! Unser Team ist voller Elan.

Weiß wedelt mit der Krawatte.

- Gleich springen wir von der Bühne und folgen euch.

Olena kreist die Schulter nach hinten.

- Wir haben es allerdings gar nicht besonders eilig.

Ney späht.

- Also, an der Bühne ist vor allem eins sympathisch: Man verliert sich nie aus den Augen.

Elwira setzt einen Fuß vor den anderen.

- Wir könnten ganz langsam und entspannt vorausgehen.

Huch lässt den Blick schweifen.

- Eine Besichtigung lohnt sich, bevor wir etwas unternehmen.

Der Weg schlängelt sich in Serpentinen zur Landstraße hinunter.

Elwira spreizt die Finger ihrer linken Hand weit auseinander.

- Es gibt Fußgängerstreifen der unterschiedlichsten Größe.

Huch blickt auf den Straßenbelag.

- Die Streifen sind Nebensache. Vor allem müssen wir darauf achten, dass sich der Fußgänger nicht gestört fühlt.

Ein Mann pirscht sich heran.

- Hallo, ich bin Oliviero Zimt.

Er trägt ein Pudelkostüm.

- Ist es spannend, Luft zu pumpen?

Elwira reicht ihm die Sprayflasche.

- Finde es selber heraus!

Ein Ufo landet vor dem Wald

Ginstergelb leuchtet der Fels.
Huch erklimmt die Stufen zum Berg.
Mit weiten Schwingen kreist ein Milan am Himmel.
Eine Frau trippelt bergab.

- Hallo, ich bin Rosalie Fleury.

Sie trägt einen Rüschenrock.
- Geh diesen Weg entlang! Dann ist etwas auf der linken
Seite.
Huch richtet den Blick in die Ferne.
- Was ist es?
Rosalie lässt die Zunge bei halboffenem Mund sichtbar
über die Zähne kreisen.
- Ein Tipp! Nimmst du ihn gern an?
Ein Mann geht einen Schritt schneller.

- Hallo, ich bin Augustin Vif.

Er trägt einen Strohhut.
- Ich erforsche eingehend alle Tipps.
Sie räkelt sich mit halb geschlossenen Augen.
- Begleitest du uns?
Vif winkelt das Bein beim Knie ab.
- Ja! Ich nutze jede Gelegenheit, mich einem Team anzu-

schließen.

Der Pfad führt entlang der zerfurchten Felswand.

Rosalie streicht sich die Haare aus der Stirn.

- Darf ich euch in eine geheimnisvolle Welt entführen?

Vif springt vor Freude in die Luft.

- Aber sicher! Da gibt es viel zu staunen.

Sie zeigt auf ein Büschel Thymian, das in einer Felsritze wächst.

- Riecht daran! Was sagt ihr?

Er steckt die Nase in die Blüten.

- Der Duft erfrischt.

Eine Frau läuft über den Weg.

- Hallo, ich bin Ilana Salinas.

Sie trägt Sandalen und hat eine Tasche umgehängt.

- Sucht ihr eine Papierrolle?

Rosalie spricht leise und überlegt.

- Was darf ich mir darunter vorstellen?

Vif zieht die Schultern bis zu den Ohren hoch.

- Das nähme mich auch sehr wunder.

Ilana dreht den Kopf nach links.

- Es ist eine kleine Rolle, mit verblasster Tinte beschrieben.

Rosalie fragt Vif.

- Gefallen dir Handschriften?

Er feuchtet die Lippen mit der Zunge an.

- Sie bringen mich zum Träumen.

Ilana lächelt aufmunternd.

- Dann wird unser Ausflug ein Riesenerfolg.

Der Weg geht in engen Serpentinen steil bergab.

Rosalie dreht sich nach Vif um.

- Läufst du gern talwärts?

Er schwingt die Hände in die Luft.

- Und wie! Das ist das Beste, was uns passieren kann.

Ilana bleibt vor einem Loch im Fels stehen.

- Seit ich denken kann, bin ich von Papierrollen fasziniert.

Sie legt Huch die Hand auf den Nacken.

- Nimmst du sie heraus?

Ein Mann winkt schon von weitem zur Begrüßung.

- Hallo, ich bin Dante Nipp.

Er trägt Tennissocken.

- Ich fühle mich, als läge ein Geschenk vor mir, das ich aus-packen darf.

Rosalie streicht sich den Rock zurecht.

- Meinst du die Papierrolle?

Nipp schnipst mit dem Finger.

- Ja genau! Wenn ich nur das Wort höre, laufe ich mir die Sohlen danach ab.

Vif presst den Zeigefinger auf die Lippen.

- Und was treibt dich an?

Nipp rennt mit ausgestreckten Armen zum Loch.

- Neugier und Abenteuerlust!

Huch weicht zurück.

- Nun, dann greif zu!

Nipp nimmt die Rolle heraus.

- Du bist sehr freundlich. Man müsste dir dafür ein Denk-mal setzen.

Er rollt das Papier auf.

- Die Tinte ist ziemlich verblasst.

Rosalies Blick fällt auf Vif.

- Vielleicht kannst du die Schrift entziffern.

Er guckt auf den Text.

- Da steht die Frage: Was wäre die bestmögliche Bekleidung?

Ilana richtet sich an Nipp.

- Was würdest du darauf antworten?

Er lässt das Papier einrollen.

- Das hier ist genau die Art von Fragen, die wir überall suchen.

Eine Frau tippelt durch den Felsenhang.

- Hallo, ich bin Chrissy Baldiger.

Sie trägt ein Top.

- Möchtet ihr etwas erleben?

Rosalie prüft mit kritischem Blick Vifs Strohhut.

- Was könnte das sein?

Er spielt mit dem Hemdkragen.

- Vielleicht brauchen wir neue Kleider.

Ilana schenkt Nipp einen verstohlenen Seitenblick.

- Wie denkst du darüber?

Er nickt freundlich.

- Der Vorschlag ist goldrichtig.

Chrissy deutet auf einen kleinen Pfad.

- Dann probieren wir unser Glück im Wald.

Ihre Augen leuchten.

- Dort hat es einen Garderobenständer.

Ein unscheinbarer Weg führt in den Wald hinein.

Rosalie schaut sich um.

- Mich dünkt, es fehlt noch jemand.

Vif winkt Huch.

- Alle sind eingeladen.

Er setzt einen freundlichen Blick auf.

- Danke! Diese Idee könnte den ganzen Erdball erfassen.

Sonnenlicht scheint durch das Blätterdach, beleuchtet einen Garderobenständer, an dessen Stange viele Kleider hängen.

Ilana läuft vor Begeisterung im Kreis.

- Wir sind ans Ziel gelangt!

Nipp öffnet staunend den Mund.

- Die Auswahl ist nahezu unbegrenzt.

Chrissy greift für Huch ein Shirt heraus.

- Dieses Trikot ist ein Glücksbringer.

Ein Mann strebt dem Garderobenständer zu.

- Hallo, ich bin Quinn Welf.

Er trägt eine Trainingshose.

- Schenkst du es mir?

Sie reicht ihm das Shirt.

- Ja, es passt zur Hose.

Welf legt es an.

- Es steht mir gut.

Rosalie schaut Vif an.

- Willst du dich umziehen?

Er schlüpft aus dem Hemd, hängt es an einen Kleiderbügel.

- Du kannst meine Gedanken lesen.

Sie nimmt ein Apfelkostüm von der Stange. Es ist rund und chilirot.

- Du siehst gut darin aus.

Vif probiert es an.

- Ich habe noch nie einen Apfel gespielt.

Ilana öffnet die umgehängte Tasche.

- Darf ich dein Haar berühren?

Die Röte steigt ihm ins Gesicht.

- Was bedeutet diese Frage?

Sie klaubt einen Kamm heraus.

- Ich würde dir gern eine Apfelfrisur zaubern.

Vif zieht den Kopf ein.

- Geht das lang?

Ilana beginnt ihn zu kämmen.

- Es wird nur einen Augenblick dauern.

Nipp schaut suchend die Stange entlang.

- Die Möglichkeiten, Kleider zu tauschen, sind hier fast unbegrenzt.

Chrissy reicht ihm eine Baskenmütze.

- Wie wäre es damit?

Er setzt sie auf.

- Sie beflügelt meine Fantasie auf wundersame Weise.

Welf wirbelt auf der Spitze eines Fußes herum.

- Was geht dir durch den Kopf?

Nipp richtet den Oberkörper auf.

- Außerirdische gibt es.

Eine Frau durchstreift den Wald.

- Hallo, ich bin Piroska Dreyer.

Sie trägt ein Velourkleid.

- Vor dem Wald ist ein Ufo gelandet.

Vif stockt, überlegt einen Moment.

- Sollen wir hingehen?

Rosalie stellt die Unterlippe vor.

- Unbedingt! Alles was außergewöhnlich ist, zieht uns an.

Piroska steht von einem Bein aufs andere.

- Gut! Dann gehe ich voran. Ist es euch recht?

Nipps Stimme schwankt leicht.

- Was meint ihr? Können wir spontan zusagen?

Ilana klatscht sich vor Freude auf die Schenkel.

- Sicher! Unser Team wartet nur darauf.

Der Weg führt an graugrünen Moosteppichen und leuchtenden Blüten vorbei.

Chrissy lehnt sich gemütlich an Huch an.

- Du hast die Chance, hautnah mitzuerleben, wie Außerirdische aussteigen.

Er schlägt die Lider nieder.

- Vielleicht können wir neue Freundschaften knüpfen.

Der Tunnel aus Brombeeren

Wellen schlagen in eine kleine Bucht, rollen Kiesel aus dem Wasser und wieder hinein.
Huch schiebt den Hut in den Nacken.
Eine Frau kreuzt auf.

- Hallo, ich bin Hien Underwood.

Sie trägt einen Bahnen-Rock.
- Du wirkst entspannt.
Er lehnt zurück.
- Ich betrachte die Wellen.
Sie schlägt die Augen auf.
- Das Hochzeitshaus befindet sich ein paar Schritte weiter. Wollen wir es anschauen gehen?
Ein Mann schlendert durch die Bucht.

- Hallo, ich bin Knut Jam.

Er trägt eine Turnhose.
- Was könnte ich tun?
Hien wedelt mit dem Finger.
- Du musst ergründen, was du wirklich willst.
Jam neigt den Kopf leicht zur Seite.
- Also, ich wäre einer Besichtigung des Hochzeitshauses nicht abgeneigt.

Sie stößt Huch sanft.

- Wir wollen dich dabeihaben.

Jam schiebt die Hände zusammen.

- Weißt du warum? Unser Konzept heißt eben Team.

Huch geht mit.

- Ja dann ist es gut zu verstehen.

Der Weg folgt dem Ufer durch den flimmernden Blätter-wald.

Hien macht mit den Armen Bewegungen, als wolle sie die Glocken läuten.

- Wir wollen dich einfach für unser Team gewinnen.

Jam legt den Kopf etwas schief.

- Bei uns findest du Anschluss.

Am Waldrand steht ein himmelblau gestrichenes Holz-haus.

Hien guckt schelmisch hinter dem Haar hervor.

- Gerne führe ich euch in die Welt des Hochzeitshauses ein.

Jam schmiegt die Arme auf Bauchhöhe an den Leib.

- Da kommt Freude auf.

Sie öffnet die Tür.

- Schaut herein! Wie ist das für euch?

Seine Stimme vibriert vor Erregung.

- Ich sehe darin einen guten Grund für einen kleinen, ver-stohlenen Jauchzer.

Hien lässt ihn eintreten.

- Das Hochzeitshaus kann sich mitunter in einen magi-schen Ort verwandeln.

Jam schlenkert über die Schwelle.

- Endlich geht mein Traum in Erfüllung.

Eine Frau kreuzt auf.

- Hallo, ich bin Timea Goldbeck.

Sie trägt ein Batikkleid.
- Ich bin zufällig einem Drachen begegnet. Möchtet ihr ihn sehen?
Hien wackelt auf den Absätzen.
- Hätte ich nur vorher gewusst, dass einer im Land ist.
Jam verschwindet im Haus.
- Wir haben nämlich gerade eine Besichtigung vor.
Timea streicht sich die Fransen aus der Stirn
- Ist Himmelblau eure Lieblingsfarbe?
Hien steht im Türrahmen.
- Ja, so etwas in der Art.
Sie schließt die Tür.
- Später kommen wir nach.
Timea lässt den Ellbogen leicht nach außen gehen.
- Das ist überhaupt kein Problem.
Sie umtänzelt Huch.
- Ich wünsche mir nichts sehnlicher, als dass du mich begleitest.
Er zieht die Schulter zurück.
- Was macht den Drachen eigentlich so unwiderstehlich?
Timea presst ihr Handgelenk an seines.
- Er speit Feuer und lenkt garantiert alle Blicke auf sich.
Huch lauscht aufmerksam in den Wald hinein.
- Das klingt abenteuerlich.
Sie geht 2 Schritte vor.
- Du wirst staunen.

Waldreben hängen über den Weg.

Timea setzt ihr geheimnisvollstes Lächeln auf.

- Schon beim ersten Blick habe ich dich total anziehend gefunden.

Ein Mann teilt liebevoll die Zweige auseinander.

- Hallo, ich bin Montgomery Yus.

Er trägt eine Arbeitshose.

- Ich habe eine Frage.

Sie sieht ihn freundlich an.

- Stelle sie ruhig! Wir versuchen sie zu beantworten.

Yus federt in den Knien.

- Geht ihr zu einem Drachen?

Timea macht ein hohles Kreuz.

- Ja! Das wäre unser Traum, ihn zu treffen.

Er legt die Arme auf den Rücken.

- Seid ihr ein Team?

Ein Lächeln huscht über ihr Gesicht.

- Natürlich! Das ist der Grund, weshalb wir zusammen sind.

Yus lässt die Hand über den Bauch gleiten.

- Darf ich mitkommen?

Timea streicht mit dem Finger über das Gesicht.

- Aber sicher! Neue Mitglieder sind immer willkommen.

Er schließt sich dem Team an.

- Danke vielmals! Wie ist das eigentlich: Lernt der Drache vom Menschen oder lernen wir von ihm?

Sie lenkt den Blick an ihm vorbei zu den Waldreben.

- Alle haben die Absicht, Neues zu lernen. Der Drache und

wir.

Ein schmaler Pfad führt tiefer in den Wald hinein.

Yus richtet die untersuchenden Augen auf sie.

- Findest du meine Fragen stressig?

Timea hebt das Kinn.

- Im Gegenteil! Es ist anregend, füreinander da zu sein.

Er betrachtet den baumhohen Farn.

- Wir sind sozusagen am grünen Rand der Welt.

Der Drache liegt auf einem Moosteppich. Er hat Zacken auf dem Rücken und einen langen Schwanz.

Timea beobachtet ihn aufmerksam.

- Damit ist unser Traum wahr geworden.

Yus wiegt sich vor und zurück.

- Wir müssen mal eine verdiente Pause einlegen.

Eine Frau zuckelt gemächlich durch den Wald.

- Hallo, ich bin Nancy Calderon.

Sie trägt ein Etuikleid.

- Ich könnte es mir so denken, dass ihr Hängematten sucht.

Timea rollt die Zehen ein und aus.

- So etwas in der Art schwebt uns vor.

Yus öffnet leicht den Mund.

- Wir möchten unseren Waldgang nämlich so angenehm wie möglich gestalten.

Nancys Blick schweift zu Huch.

- Was sagst du?

Er senkt die Arme.

- Ich sage, man kann sich immer überlegen, wie man stressfrei wird.

Sie gleitet mit der Fingerspitze über seinen Unterarm.

- Das trifft sich gut. Ich habe ein paar Hängematten aufgespannt.

Timea geht leicht in die Grätsche.

- Du erfüllst uns einen heiß ersehnten Wunsch.

Yus stützt den Kopf lässig in die Hand.

- Ich kann mir genau vorstellen, wie ich dort relaxe.

Nancy geht einen Schritt vor.

- Dann los! Ihr kennt das Ziel.

Der Weg führt durch einen engen Tunnel aus Brombeeren, Farn und Buchen.

Timea wirft ihre Haarmähne in den Nacken.

- Immer von Neuem entdecke ich die Begeisterung für den Wald.

Yus bewegt sich wie in Trance.

- Wer sich darauf einlässt, kommt aus dem Staunen nicht mehr heraus.

Die Matten hängen zwischen hohen Stämmen.

Nancy stellt ein Bein aus.

- Hier ist unsere Wohlfühloase.

Huch spielt mit den Zehen.

- Schon der Anblick regt zum Träumen an.

Timea fläzt sich in eine Hängematte.

- Hier kann ich mich optimal erholen.

Yus streckt sich wohlig aus.

- Die Bäume haben eine besondere Energie.

Nancy legt sich hin, winkt Huch.

- Die Matte neben mir scheint gewöhnlich zu sein, eignet sich jedoch speziell für dich.

Ein Mann kundschaftet den Wald aus.

- Hallo, ich bin Barney Fritsch.

Er trägt Bermudashorts.
- Darf ich diese Hängematte testen?
Nancy zeigt beim Lächeln alle Zähne.
- Sicher! Ich wette, dass du sekundenschnell einschläfst.
Fritsch sinkt ins Netz.
- Mir fallen schon die Augen zu.
Eine Frau stromert herum.

- Hallo, ich bin Polina Onegin.

Sie trägt ein goldenes Gewand.
- Ich habe im Wald ein Schild entdeckt.
Timea faltet die Hände hinter dem Kopf.
- Über kurz oder lang sind wir ausgeruht.
Yus lässt die Arme lose baumeln.
- Dann strotzen wir vor Tatendrang und ziehen mit dir los.
Polina berührt Huch mit dem Finger am Handrücken.
- Und du? Möchtest du auch eine kleine Atempause ge-
nießen?
Er atmet tief ein und aus.
- Schon geschehen! Wir könnten gehen.
Nancy schenkt ihm einen vielsagenden Blick.
- Wenn alles optimal läuft, treffen wir uns beim Schild.

Der farngrüne Tiger

Der Moosboden verschluckt die Geräusche. Eine große Öffnung lichtet das Geäst auf der Seite des Pfads.
Huch schaut über den Wald wie über einen buchengrünen, gekräuselten Ozean.
Eine Frau läuft den Weg runter.

- Hallo, ich bin Viorica Jessen.

Sie trägt ein Halstuch.
- Hast du ein schönes Klavier?
Ein Mann schleicht geduckt durchs Unterholz.

- Hallo, ich bin Ladin Kirsch.

Er trägt Flipflops.
- Ich habe einen Bechstein Konzertflügel.
Viorica dreht ihm die Hüfte zu.
- Unser Team braucht ihn. Kannst du uns hinführen?
Kirsch schlägt die Augenlider nieder.
- Warum nicht? Wir machen einen kleinen Bummel und sind schon dort.
Der Weg führt in einigen Kehren steil nach oben.
Viorica schlenkert die Arme.
- Interessierst du dich für Musik?
Kirsch reißt lächelnd den Mund auf.

175

- Warum fragst du?

Sie dreht sich um die eigene Achse.

- Ich stelle diese Frage aus reiner Neugier.

Er streicht sich mit der Hand über das Kinn.

- Ich liebe die Musik über alles.

Der Bechstein Konzertflügel steht unter einem Baum mit silbernen, filigranen Ästen.

Viorica stellt die Brust vor und macht einen Hohlrücken.

- Was würdest du an meiner Stelle tun?

Kirsch schiebt die Fersen zusammen.

- Nun, ich würde zuerst einmal den Tastendeckel öffnen.

Sie schmiegt den Kopf an Huchs Schulter.

- Möchtest du das übernehmen?

Eine Frau nähert sich mit schnellen Schritten.

- Hallo, ich bin Quillaja Habicht.

Sie trägt ein Jackenkleid.

- Ich kann den Deckel mit beiden Händen auftun.

Kirsch rückt die Klavierbank zurecht.

- Du bist herzlich willkommen!

Vioricas Blick ruht auf ihren Händen.

- Es wäre interessant zu hören, wie du spielst.

Quillaja klappt den Deckel auf.

- Man kommt auf ganz andere Gedanken, wenn man die schwarzen und weißen Tasten sieht.

Huch richtet die Augen auf sie.

- Woran denkst du?

Sie führt ihn an die Klavierbank.

- An dich! Schlüpf in die Rolle des Pianisten und lass dei-

176

ner Fantasie freien Lauf.

Viorica hält die Beine eng zusammen.

- Wichtig ist es, den ersten Ton anzuschlagen.

Kirsch zieht den Fuß an.

- Das ist für manche sehr aufregend.

Quillaja wirft Huch eine Kusshand zu.

- Aber du bist in einem Wald, worin du wirklich ungestört bist.

Er drückt eine Taste.

- Es kann losgehen.

Viorica klatscht aus Leibeskräften.

- Dein Song kommt gut an.

Huch stützt sich mit den Händen auf den Oberschenkeln ab.

- Kann es sein, dass ihr in einem einzigen Ton einen ganzen Song gehört habt?

Kirsch schickt ein freundliches Lächeln herüber.

- Du hast alles gegeben!

Quillaja schmiegt sich eng an Huch.

- Du verdienst ein Sonderlob.

Ein Mann bewegt sich ruhigen Schrittes.

- Hallo, ich bin Winston Dall.

Er trägt einen Glitteranzug.

- Gerade mal einen Steinwurf entfernt schläft ein farngrüner Tiger.

Viorica zupft sich das Halstuch zurecht.

- Da müssen wir sofort hin!

Kirsch reibt sich die Hände mit den langgliedrigen Fingern.

- Wir interessieren uns sehr für Tiere.

Dall weicht herumliegenden kleinen Ästen aus.

- Dann darf ich euch in eine zauberhafte Welt entführen?

Über Vioricas Gesicht legt sich ein Lächeln.

- Ja sicher! Wir sind ein Team und verfolgen ein gemeinsames Ziel.

Kirsch hält sich die Augen zu.

- Wir hören auf einmal jedes Geräusch im Wald und nehmen ganz andere Klänge wahr.

Der farngrüne Tiger liegt auf dem weichen Moosboden.

Quillaja blickt ihn an.

- Ein Traum ist wahr geworden.

Dall führt die Zunge zur Oberlippe.

- Größer kann das Glücksgefühl kaum sein.

Der Tiger öffnet die Augen.

Viorica wechselt vom Stand- aufs Spielbein.

- Können Menschen auch so aufmerksam schauen?

Kirsch beugt seinen Kopf tief.

- Davon kann man sich schon etwas abgucken.

Eine Frau streift durch den Wald.

- Hallo, ich bin Zora Racine.

Sie trägt Röhrenjeans.

- Möchtet ihr eine Tour zu einer riesigen Linde unternehmen?

Quillaja verdreht die Hand leicht nach außen.

- Warum nicht?

Dalls Stimme klingt locker.

- Das ist sicherlich eine gute Idee.

Zora weist mit einem Kopfrucken den Weg.

- Wäre es euch recht, wenn wir sofort aufbrechen?

Vioricas Finger spreizen sich gespannt vom Körper weg.

- Ja sicher! Das ist eine einmalige Chance.

Kirsch zeigt sich beeindruckt.

- Ich wollte schon immer eine Linde hautnah erleben.

Der Weg windet sich um den Berg herum.

Quillaja atmet tief aus.

- Es duftet nach feuchtem Moos.

Dall dreht sich um.

- Man nimmt den Duft selbst im Vorbeigehen wahr.

Am Waldrand erfüllen Lindenblüten die ganze Luft. Der Wipfel des mächtigen Baums ist ausladend.

Zora stützt die angewinkelten Arme auf das Becken.

- Gleich, als ich die urwüchsige Linde fand, dachte ich: Alle Menschen müssen sie sehen.

Viorica streichelt die Rinde.

- Ohne Bäume sind wir niemand.

Kirsch lehnt an den Stamm.

- Wer Schatten will, der ist hier richtig.

Ein Mann schlendert aus dem Wald.

- Hallo, ich bin Ingmar Uhl.

Er trägt ein Flanellhemd.

- Was geht euch durch den Kopf, wenn ihr eine nackte Wand seht?

Quillaja blickt ihn freundlich an.

- Eine leere Wand bedeutet doch gerade, Spaß zu haben.

Dall sagt, ohne mit der Wimper zu zucken.

- Absolut richtig!

Zora streckt den rechten Arm waagrecht vom Körper weg.

- Man kann die Stille erleben.

Ingmar fühlt unter seinen Füßen schon ein Kribbeln.

- Was nun bleibt, ist die Frage, ob ich euch die Wand zeigen darf.

Viorica streckt das rechte Bein nach hinten aus.

- Unbedingt! Wir lieben leere Wände.

Kirsch kippt nach vorn.

- So eine Gelegenheit kommt nicht zum zweiten Mal.

Gräser wachsen entlang des Pfades.

Quillaja streichelt Huch über die Arme.

- Es gibt etwas Romantisches zwischen uns.

Eine Frau überholt sie.

- Hallo, ich bin Alexi Santa.

Sie trägt ein Kaminkleid und bringt einen Topf mit grasgrüner Farbe.

- Bitte nehmt dieses kleine Geschenk an!

Dall streckt die Hand aus.

- Gern! Farben sind sehr bereichernd.

Ein Mann durchquert die Wiese.

- Hallo, ich bin Eckart Yang.

Er trägt eine Kapitänsjacke und bringt einen Pinsel.

- Wollt ihr spüren, wie sich das Haar anfühlt?

Zora streift mit dem Finger darüber, reicht den Pinsel Alexi weiter.

- Es ruft ein angenehmes Wohlbefinden hervor.

Sie fasst sich kurz.

- Es bringt mich sofort in einen gelassenen Zustand.

Uhl läuft auf ein Haus zu. Es steht mitten in der kniehohen Wiese voller Wildblumen.

- Da ist die leere Wand.

Yang tritt näher, dreht sich nach Viorica um.

- Wie erlebst du dieses Weiß?

Ihr Blick gleitet über die Fassade.

- Eine friedvolle Stimmung breitet sich aus.

Kirsch setzt ein Lächeln auf.

- Man fühlt sich geborgen und beglückt.

Quillaja fasst Huchs Hand.

- Es gibt nichts, was stört oder ablenkt.

Alexi gibt ihm den Pinsel.

- Du magst dir die Frage stellen, weshalb du ihn bekommst.

Dall öffnet den Topf.

- Dass ich dir jetzt auch noch die Farbe anbiete, erstaunt dich möglicherweise.

Huch tunkt den Pinsel in die Farbe.

- Nachdenken, verstehen oder verstehen, nachdenken?

Er stupft einen Pinselabdruck an die Wand.

- Welche Reihenfolge ist besser?

Der goldorange Kreis

Mitten im Wald versteckt, rauscht ein Wasserfall.
Huch steht im gleißend weißen Tröpfchennebel.
Das Wasser plätschert durch ein ovales Becken.
Eine Frau geht leicht nach vorn gebeugt.

- Hallo, ich bin Pina Neitzel.

Sie trägt ein Printkleid.
- Das ist eine Begegnung, die unser Leben für immer ver-
ändern wird.
Ein Mann durchstreift schnellen Schritts den Wald.

- Hallo, ich bin Baldur Cam.

Er trägt eine Surfermütze.
- Ich würde es gern wagen, eurem Team beizutreten.
Pina faltet die Hände vor dem Bauch.
- Wir sind bereit, dich aufzunehmen.
Cam dreht mit geschlossenen Augen eine Pirouette.
- Danke! Ihr seid offen und könnt gut auf andere einge-
hen.
Eine Frau tritt aus dem Schatten.

- Hallo, ich bin Oriana Gabor.

Sie trägt einen Rock.

- Wisst ihr, wie es ist, auf einer Freilichtbühne zu sein?

Pina steht mit geschlossenen Füßen.

- Man kann es nicht fühlen, bevor man es erlebt hat.

Cam sticht mit dem Finger in die Luft.

- Kannst du uns eine Bühne zeigen?

Oriana streckt die Hand aus.

- Sicher! Ich bringe euch dem Traum näher als viele ande-re.

Sie biegt auf einen schmalen Waldpfad ab.

- Ihr müsst lernen, euer Ding durchzuziehen.

Pina kann sich vor Lachen kaum halten.

- Wo ist es schön und aufregend?

Cam klatscht sich die Hände wund.

- Auf der Bühne! Sie zieht uns magisch an.

Zwischen uralten Bäumen schluckt der Moosboden jeden Klang der Schritte.

Oriana legt Huch den Arm über die Schulter.

- Alle haben Sehnsucht nach Geborgenheit im Wald.

Ein Mann wiegt sich beschwingt im Tanz.

- Hallo, ich bin Fred Manz.

Er trägt einen Rollkragenpullover.

- Die Natur kann zauberhaft sein.

Der Pfad verlässt den Wald. Die Freilichtbühne steht auf einer Wiese, von einem blütenweißen Vorhang ge-schmückt.

Pina hebt das Kinn.

- Wer hätte gedacht, dass wir sie so schnell erreichen würden!

Cam fährt sich mit der Hand über den Hals.

- Es verschlägt mir die Sprache.

Oriana steigt leichtfüßig die Treppe zur Rampe hoch, fragt Huch.

- Möchtest du von allen bewundert und bestaunt werden?

Eine Frau findet den Weg zur Wiese.

- Hallo, ich bin Tana Sava.

Sie trägt eine Rüschenbluse.

- Bewunderung ist schon recht, aber wir dürfen niemals vergessen, wer wir sind.

Manz klettert neben dem Vorhang auf die Bretter.

- Und was sind wir deiner Meinung nach?

Ihre Augen leuchten.

- Wir sind ein Team.

Sie hängt sich bei Huch ein.

- Darf ich dich auf die Rampe begleiten?

Ein Mann jagt durchs Gras.

- Hallo, ich bin Leandro Visp.

Er trägt Safarihosen und bringt einen Stuhl.

- Es könnte sein, dass man sich wohler auf der Bühne fühlt, wenn man relaxen kann.

Pina kommt hinter dem Vorhang hervor und klatscht.

- Der Stuhl verdient einen Applaus.

Cam tritt an den Rand der Rampe.

- Soll ich dir helfen oder hebst du ihn allein hoch?

Visp stellt sich auf den Stuhl.

- Das ist mein Auftritt.

Er springt auf die Bühne und hebt hernach den Stuhl an der Lehne hoch.

- Ich strotze vor Tatendrang.

Oriana hält die Hand weit offen.

- Mit einem Stuhl macht das Ganze natürlich noch viel mehr Spaß.

Manz zieht ein Bein ein, berührt mit den Fingerspitzen den Absatz.

- Das höre ich zum ersten Mal, aber es überzeugt mich.

Tana schiebt die Knie zusammen.

- Wie fühlst du dich auf der Bühne?

Visp wirkt zunächst scheu, fast schüchtern.

- Worte können das gar nicht ausdrücken.

Eine Frau schlendert durch die Wiese.

- Hallo, ich bin Alicja Hecker.

Sie trägt einen Sari.

- Am Felsen oben gibt es ein Schild.

Pina spitzt die Lippen.

- Danke für den Tipp! Das gehen wir lesen.

Cam umfasst das Kinn mit der Hand.

- Wir sind sehr neugierig.

Oriana lockert den Hals.

- Wir machen uns so schnell bereit, wie wir können.

Manz tastet die Luft vor sich mit den Händen ab.

- Aber im Moment verzaubert uns die Bühne.

Alicja erforscht Huch mit neugierigen Blicken.

- Darf ich dich beraten?

Er hebt leicht die Schulter.

- Warum nicht? Ich bin um jeden Ratschlag froh.

Sie lächelt anzüglich.

- Warte nicht länger! Komm mit mir!

Huch wird kurz still, denkt nach.

- Die Gemeinschaft ist wichtig.

Alicja berührt sein Bein.

- Aber sicher doch! Beim Felsen versammelt sich das Team wieder.

Der Wiesenweg verjüngt sich zu einem Pfad.

Alicja richtet sich auf, zeigt mit dem Finger in die Höhe.

- Sicher ist es dein Traum, das Schild zu lesen.

Ein Mann durchstreift den Hang.

- Hallo, ich bin Egid Day.

Er trägt Turnschuhe.

- Ich liebe alle Schilder innig und heiß.

Alicja senkt eine Schulter ab.

- Was tust du, wenn du eines siehst?

Day dreht sich in selbstvergessenem Tanz.

- Ich entziffere die Schrift und lese den Text laut vor.

Er hebt den Blick.

- Da steht die Frage: Was ist deine Lieblingszahl?

Ein Lächeln huscht über ihr Gesicht.

- Und? Welche ist es?

Day greift sich ans Herz.

- Meine persönliche Lieblingszahl ist die 1.

Alicja fährt sich durchs Haar.

- Ein Gras? Ein Fisch? Ein Stern?

Er zieht sich vor Aufregung das T-Shirt über den Kopf.

- Eher eine Blume.

Sie wandert ins Innere der Wiese, deutet auf eine Graslilie.

- Sie ist eine schöne Blume.

Day knickt in den Knien ein.

- Ich bin froh, dass wir sie gefunden haben. Die 1 für sich wäre nur eine Zahl.

Alicja schaut den Schmetterlingen zu.

- Ich weiß das.

Er schwingt sich zum Handstand auf.

- Man muss eben wissen, was man will, sonst sitzt man Zahlen auf.

Ein Frosch hüpft im Gras.

Alicja legt eine Hand auf Huchs Schulter.

- Was will er von dir?

Er fragt mit erstauntem Augenaufschlag.

- Wer? Der Frosch?

Eine Frau geht durch die Wiese.

- Hallo, ich bin Undine Kamber.

Sie trägt einen Tennisrock.

- Wisst ihr, wie man ein Gesicht malt?

Alicja wackelt mit dem Kopf.

- Ja, wir bräuchten Farbe.

Day kehrt ihr das Gesicht zu.

- Ich mag sie im Topf.

Ein Mann setzt einen Schritt vor den anderen.

- Hallo, ich bin Innocent Rapp.

Er trägt eine Zirkusuniform und bringt goldorange Farbe.
- Wer möchte, kann den Topf haben.
Undine streckt die Hand danach aus.
- Du glaubst gar nicht, wie dankbar wir sind.
Rapp hält die Beine zusammen.
- Ja, Farbe kann das Leben von einer Sekunde zur anderen verändern.
Eine Frau federt den Wiesenweg bergauf.

- Hallo, ich bin Jane Quevedo.

Sie trägt ein Yogakleid und schenkt Huch einen Pinsel.
- Fehlt euch etwas?
Er zeichnet einen unsichtbaren Regenbogen in die Luft.
- Jetzt nicht mehr!
Alicja drückt das Becken leicht durch.
- Der Pinsel regt zum Träumen an.
Ein Mann bewegt sich wie in Zeitlupe.

- Hallo, ich bin Yigit Wang.

Er trägt einen Blazer und bringt einen Karton.
- Ich möchte einmal gucken, was ihr damit macht.
Undine öffnet den Deckel und stellt den Farbtopf auf eine Felsplatte.
- Ein Vorschlag wäre, den Karton daneben zu legen.
Wang führt es sogleich aus.
- Du überzeugst mich mit deiner lockeren Art.

Huch malt einen Kreis.

- Etwas machen ist ein guter Anfang.

Der Ring im Brachland

Wolken werfen Schatten auf den eichengrün schimmern-
den Berg.
Huch lauscht den Vogelstimmen.
Eine hohe, wuchtige Fluh erhebt sich.
Eine Frau wandert zwischen den Felsen.

- Hallo, ich bin Züleyha Ahrensburg.

Sie trägt einen Ballettdress.
- Ich möchte dich mit etwas ganz Besonderem überra-
schen.
Ein Mann nähert sich mit Riesenschritten.

- Hallo, ich bin Damon Ohm.

Er trägt ein Cargo-Hemd.
- Ich habe eine Wunschliste.
Züleyha zieht die Augenbraue heftig nach oben.
- Was steht zuoberst?
Aus seinem Lächeln blitzt Stolz hervor.
- Ich hätte gern ein Glitzerjackett.
Eine Frau verlangsamt ihre Bewegungen.

- Hallo, ich bin Benita Uhlen.

Sie trägt einen Gymnastikanzug.

- Ich weiß, wo ein Kleiderstand steht.

Züleyha bewegt die Lippen.

- Ist der Weg weit?

Benita hakt sich mit dem Arm bei Huch ein.

- Nein, im Gegenteil! Er ist so kurz wie ein Wimpernschlag.

Büsche säumen den Pfad.

Ohm streicht sich über das Gesicht.

- Ich möchte eure Meinung einholen.

Züleyha neigt den Oberkörper leicht nach vorn.

- Worum geht es?

Er saugt die Luft tief durch die Nase ein.

- Warum glitzert ein Glitzerjackett?

Benita setzt ein nachdenkliches Gesicht auf.

- Das Licht könnte die Erklärung sein.

Das Stoffdach des Markstands leuchtet von Weitem. An seinen Streben und Stangen sind dicht an dicht Kleider aufgehängt.

Züleyha greift nach einem Bügel.

- Darf ich dir ein Glitzerjackett zeigen?

Ohm guckt neugierig.

- Gibt es verschiedene Sorten?

Benita fährt sich mit der Zunge über den Mundwinkel.

- Aber sicher! Die Auswahl lässt keine Wünsche offen.

Züleyha hilft Ohm ins Jackett.

- Vor einer halben Sekunde bist du noch im Hemd dagestanden.

Er wiegt den Körper hin und her.

- Ich denke schon nicht mehr daran.

Benita mustert ihn.

- Das Glitzerjackett passt ideal zu dir.

Züleyha berührt Huch leicht an der Hand.

- Wo kriegen wir auf die Schnelle einen Hut für dich?

Ein Mann hastet durch den Heckenweg.

- Hallo, ich bin Sandro Lind.

Er trägt Shorts.

- Seid ihr ein Team, das alles für mich tut?

Ohm lehnt gegen den Marktstand.

- Selbstredend! Was brauchst du?

Lind probiert einen Tanzschritt.

- Ich träume von einem Safarihut.

Benita stöbert in der Auslage.

- Dein Wunsch wird in Erfüllung gehen.

Züleyha spreizt die Finger.

- Es hat einen hellen und einen dunklen.

Ohm beugt sich leicht nach vorn.

- Welchen wählst du aus?

Lind wedelt mit den Augen.

- Der nächste ist der beste.

Benita reicht ihm den hellen.

- Wenn du diesen Hut nicht aufsetzt, bereust du es ein Leben lang.

Er setzt ihn auf.

- Möchtet ihr meine Meinung hören?

Züleyha legt die gestreckten Zeigefinger aufeinander.

- Ja! Wir bitten dich darum.

Lind rudert zeitlupenhaft mit den Armen.

- Dieser Hut ist grandios.

Eine Frau huscht aus dem Gebüsch.

- Hallo, ich bin Hasina Cameron.

Sie trägt eine Pluderhose und bringt einen dicken, kornblumenblauen Filzstift.
- Wollt ihr damit zeichnen?
Ohm beugt die Schultern nach vorn.
- Ja oder Nein ist die große Frage.
Benita nimmt den Stift.
- Klar sagen wir Ja.
Lind kontrolliert den Sitz seines Huts.
- Wir könnten damit auf eine Plakatwand malen.
Ein Mann tanzt im hohen Gras.

- Hallo, ich bin Norman Funk.

Er trägt einen Smoking.
- Wie stellt ihr euch die Wand vor?
Züleyha schürzt ihren roten Mund.
- Sie sollte leer sein.
Funk kippt das Becken nach hinten.
- Leer? Schönes Wort, geht ins Ohr.
Eine Frau durchquert wie aufgezogen die Wiese.

- Hallo, ich bin Wenke Isen.

Sie trägt eine Daunenjacke.
- Würdet ihr für eine Plakatwand ein paar Schritte gehen?
Ohm antwortet sicher und entspannt.

- Ja natürlich! Wir setzen alles daran.

Der Weg führt unter schattigen Bäumen durch.

Benita blickt geradeaus.

- Es wird gelingen.

Lind klatscht begeistert.

- Ich bin restlos überzeugt.

In einer Brachfläche steht die Plakatwand. Sie ist mit mondweißem Papier bezogen.

Hasinas Oberkörper wippt vor und zurück.

- Ich lasse mich von der Leere inspirieren.

Funk streckt die Hände weit von sich.

- Sie macht den Kopf frei.

Wenke greift sich an die Stirn.

- Wer möchte, kann die Wand bemalen.

Züleyha berührt Huchs Wange.

- Das klingt einladend.

Ohm wird immer schneller im Reden.

- Die Wand ist in Sichtweite, vor deinen Augen, vor deiner Nase.

Benita gibt Huch den Filzstift.

- Du fühlst dich sicher besonders angesprochen.

Er tritt vor die Wand.

- Habt ihr einen Wunsch?

Lind bekommt Herzklopfen vor Aufregung.

- Immer! Mal einen Pfeil!

Hasina spreizt die Finger.

- Es ist eine einmalige Gelegenheit.

Funk buckelt zum Rundrücken.

- Ich empfinde eine Art Vorfreude.

Huch bestaunt die Wand.

- In welche Richtung soll der Pfeil weisen?

Wenke senkt die Stimme.

- Nach unten!

Züleyha lässt den Daumen über den Zeigefinger gleiten.

- Viele träumen davon, einmal im Leben einen Pfeil nach unten zu zeichnen.

Ohm holt Luft.

- Unten angekommen, kann man jauchzen. So schön ist es!

Huch malt den Pfeil.

- Gut, dann wollen wir langsam an die Sache herangehen.

Er sieht am Fuß der Plakatwand etwas Goldenes blinken.

- Da liegt etwas.

Benita nimmt ihm den Filzstift ab.

- Warum willst du es nicht einfach aufheben?

Huch bückt sich.

- Es ist ein Ring. Was sagt ihr dazu?

Lind wiegt fast unmerklich den Kopf.

- Man hat das Gefühl, dass dir das Herz aufgeht, wenn du ihn hochhältst.

Hasina schiebt den kleinen Finger zwischen die Lippen.

- Langweilig wird es dir mit dem Ring nie.

Funk klingt belustigt.

- Das steht außer Frage.

Wenke streichelt ihm über das Haar.

- Du könntest dich Hals über Kopf verlieben.

Züleyha streichelt ihm über den Unterarm.

- Es hat ganz den Anschein, als ob du heiraten möchtest.

Ohm schwenkt seine Nase.

- Ich finde die Idee prickelnd.

Ein Mann kommt zur Brachfläche.

- Hallo, ich bin Jens Rast.

Er trägt eine Fantasieuniform.
- Ich habe ein Segelboot und führe euch gern zur Hochzeitsinsel.
Benita schiebt die Zunge über die Lippen.
- Danke für die Einladung!
Lind deutet mit einem Nicken auf Huch.
- Wir treffen nämlich gerade Vorbereitungen für eine Hochzeit.
Rast wirft einen kurzen Blick auf ihn.
- Du hast bereits den Ring.
Eine Frau wandert langsam suchend herum.

- Hallo, ich bin Elza Toto.

Sie trägt ein Kapuzenkleid.
- In meinem Kalender steht eine Hochzeit.
Huch streicht sich eine Haarsträhne aus dem Gesicht.
- Allein würde man nie einen Ring finden. Aber gemeinsam gelingt es.

Die Steinkugel unter dem Baum

Eine Kalkfelswand schießt hoch in den Himmel.
Huch steht vor einem Stapel Steine.
Eine Frau folgt dem Weg, der wie eine Kerbe in den Fel-
sen gehauen ist.

- Hallo, ich bin Georgette Volland.

Sie trägt ein Makramee-Kleid.
- Wandern ist nahezu überall möglich.
Huch greift hinter sein Ohr.
- Das ist das Magische daran.
Georgette ergreift seine Hand.
- Hast du einen Moment für mich?
Ein Mann prescht hinter einem Steinbrocken hervor.

- Hallo, ich bin York Pratt.

Er trägt ein Holzfällerhemd.
- Ich habe eine Menge Zeit.
Sie setzt ein Lächeln auf.
- Das wäre mir ganz recht.
Pratt wippt in den Knien.
- Wieso? Kann ich etwas für dich tun?
Georgette drückt den Rücken ins Hohlkreuz.
- Ja sicher! Ich suche eine Kreide.

Er zeichnet mit der ausgetreckten Hand Kurven in die Luft.

- Der Vorteil der Kreide liegt auf der Hand: Man kann damit zeichnen.

Eine Frau marschiert mit baumlangen Schritten.

- Hallo, ich bin Margaux Kirschbaum.

Sie trägt ein Kaschmirkleid und bringt eine Kreide.

- Wenn euch die Lust am Zeichnen überkommt, greift zu!

Georgette nimmt die Kreide.

- Danke! Du stößt bei mir auf offene Ohren.

Pratt breitet die Arme aus.

- Die Kreide macht uns Freude.

Margaux wiegt den Oberkörper hin und her.

- Vielleicht besteht die Möglichkeit, direkt auf den Felsen zu zeichnen.

Georgettes Mundwinkel zucken verschmitzt.

- Du hast recht. Hier ist ein perfekter Ort.

Pratt verlagert sein Gewicht von einem Fuß auf den anderen.

- Wir lassen uns von der Größe der Wand nicht abschrecken.

Margaux stellt die linke Hüfte aus.

- Habt ihr schon eine Idee, was ihr zeichnen möchtet?

Ein Mann federt herbei.

- Hallo, ich bin Quintus Dehn.

Er trägt eine Kapitänsuniform.

- Etwas verspielt geht es zu, wenn ihr ein Strichmännchen

malt.

Georgette gibt Huch die Kreide.

- Wenn ich einen Wunsch frei hätte, würde ich wollen, dass du anfängst.

Pratts Augen blitzen.

- Wer könnte sich besser eignen als du!

Huch wirft in raschen Zügen ein Strichmännchen hin.

- Ich hoffe, dass alle eure Träume in Erfüllung gehen.

Margaux rempelt ihn an.

- Und wie! Es hat schöne Augen.

Dehn presst die Hände gegeneinander.

- Mir fallen nicht die richtigen Worte ein, um meinen Dank auszudrücken.

Georgette nimmt Huch die Kreide ab.

- Wie hast du das geschafft?

Eine Frau trudelt ein.

- Hallo, ich bin Rosette Ederer.

Sie trägt einen Overall.

- Habt ihr schon einmal ein Zebra gesehen?

Pratt strafft das Kinn.

- Nein, aber das wäre unser größter Wunsch.

Margaux dreht das Handgelenk.

- Wir könnten uns in der Umgebung umschauen.

Dehn krallt und streckt die Zehen.

- Vielleicht finden wir ein Zebra.

Rosettes Blick gleitet über das Team.

- Wüsstet ihr gern, wo es ist?

Georgette schaut Pratt an.

- Wäre das ein Vorteil?

Er schiebt den Rücken langsam nach oben.

- Unbedingt! Das erspart uns die Suche.

Rosette hebt den Arm.

- Macht es euch etwas aus, wenn ich vorangehe?

Margaux stellt die Beine aus.

- Im Gegenteil! Wir folgen dir gern.

Der Pfad führt über den glatten Felsen.

Dehns Augen schimmern.

- Es gefällt mir, auf den Berg zu wandern.

Rosette schreitet rascher aus.

- Hier können wir neue Energie tanken.

Georgette schnuppert genießerisch.

- Ein Vogel zwitschert. Eine Blume ist aufgeblüht.

Pratt flattert mit den Armen.

- Genießen wir den Sonnenschein!

Wie gemalt liegt die samtgrüne Bergwiese unter dem eis-vogelblauen Himmel.

Margaux legt sich beide Hände auf den Nacken.

- Es hat viele Schmetterlinge.

Dehn streckt die Arme in die Luft.

- Langeweile dürfte da so schnell nicht aufkommen.

Ein Zebra weidet.

Rosette schaut auf die Wiese hinaus.

- Hier ist es! Zuvor war es nur Wunschdenken, jetzt ist es schon real.

Georgette beobachtet Pratt.

- Du machst ja keinen Schritt mehr.

Er verschließt etwas länger als gewöhnlich die Augen beim Blinzeln.

- Das Zebra zwingt uns mit sanfter, aber unwiderstehlicher Art zum Innehalten.
Margaux zieht die Schulter ein bisschen nach hinten.
- Es bereitet viel Freude.
Dehn beugt den Oberkörper vor.
- Klar, dass wir uns in diesem Paradies pudelwohl fühlen.
Rosette legt Huch den Arm um die Schulter.
- Was geht in deinem Kopf vor?
Ein Mann passiert gemessenen Schrittes die Bergwiese.

- Hallo, ich bin Carsten Ohs.

Er trägt eine Wollmütze.
- Vielleicht habt ihr Abenteuerlust.
Georgette zuckt für die Dauer eines Wimpernschlags.
- Und wie!
Pratt hält kurz den Atem an.
- Wir sind um jeden Tipp froh.
Ohs dreht sich um die eigene Achse.
- Habt ihr auch schon mal von einer mannshohen Steinkugel geträumt?
Margaux streicht das Haar zurück.
- Nein, bisher noch nie.
Sie lächelt Dehn breit an.
- Wie würdest du eine derart große Kugel finden?
Er beißt sich auf die Lippen.
- Absolut beeindruckend!
Ohs hüpft in Trippelschritten herum.
- Dann machen wir doch einen Ausflug zur Steinkugel!
Rosette lässt ein Lächeln aufblitzen.

- Da benötige ich keine Bedenkzeit.

Der Pfad führt durch den oberen Teil der Bergwiese.

Georgette beugt sich zu den Graslilien am Weg.

- Wir lassen uns kein Vergnügen entgehen.

Pratt stemmt die Hände in die Hüften.

- Wir sind quicklebendig und voller Tatendrang.

Im Schatten eines Baums steht die mannshohe Steinkugel.

Margaux schwingt den Arm.

- Sie ist etwas ganz Außergewöhnliches.

Dehn balanciert tänzerisch auf einem Bein.

- Ich stimme dir voll und ganz zu.

Rosette wölbt ihren Körper straff und aufrecht nach vorn.

- Wollt ihr vielleicht einmal auf die Kugel klettern?

Ohs zeichnet mit der Hand einen Kreis in die Luft.

- Atmen wir erst einmal durch!

Eine Frau gesellt sich zu ihnen.

- Hallo, ich bin Norma Binali.

Sie trägt ein Plüschkleid.

- Möchtet ihr zur Ruhe kommen und die wirklich wichtigen Dinge im Leben wieder wahrnehmen?

Georgette streckt sich genüsslich.

- Wir sind nicht abgeneigt.

Pratt hebt anerkennend den Daumen nach oben.

- Ausruhen ist heiß begehrt.

Norma dreht sich um.

- Ist gut! Dann führe ich euch zu einer Riesenmatratze.

Die Serpentine schlängelt sich langsam nach oben.

Margaux geht beschwingt.

- Relaxen steht bei mir ganz oben auf der Wunschliste.

Dehn heftet sich an ihre Fersen.

- Das entspricht auch meinen Wünschen.

Die Luft ist weich, duftet nach Thymian.

Rosette blickt Ohs an.

- Ich mag deine Wollmütze.

Ohs strahlt über das ganze Gesicht.

- Willst du sie einmal tragen?

Sie streicht mit dem Finger über die Wange.

- Ich überlege es mir.

Er bewegt die Schultern nach vorn.

- Das verstehe ich. Manche Fragen sind rascher gestellt als beantwortet.

Die Riesenmatratze liegt auf einer Wiese mit monumentalen Bäumen.

Norma berührt Huch leicht an der Hüfte.

- Wo fühlst du dich am wohlsten?

Sie formt ein Herz mit den Fingern, pustet es in seine Richtung.

- Du musst keine Antwort geben, wenn du nicht möchtest.